Nuits de neige

JOSS WOOD

Nuits de neige

AZUR

HARLEQUIN

Collection : Azur

Titre original :
THE NIGHTS SHE SPENT WITH THE CEO

HARPERCOLLINS FRANCE
83-85, boulevard Vincent-Auriol, 75646 PARIS CEDEX 13
Service Lectrices — Tél. : 01 45 82 47 47 - www.harlequin.fr
ISBN 978-2-2804-9893-7 — ISSN 0993-4448

Composé et édité par HarperCollins France.
Imprimé en décembre 2023 par CPI Black Print (Barcelone)
en utilisant 100% d'électricité renouvelable.
Dépôt légal : janvier 2024.

FSC www.fsc.org MIXTE Papier issu de sources responsables FSC® C159065

Pour limiter l'empreinte environnementale de ses livres, HarperCollins France s'engage à n'utiliser que du papier fabriqué à partir de bois provenant de forêts gérées durablement et de manière responsable.

1

Lex attendait dans le hall d'arrivée de l'aéroport international du Cap, un café frappé dans une main, et dans l'autre une vieille pancarte écornée au nom de Thorpe Industries. Elle ne trouvait jamais le temps d'en faire une neuve. Entre ses jobs à temps partiel, les trajets en voiture pour accompagner ses sœurs à leurs activités, leurs devoirs à surveiller, la cuisine et ses propres études en cours du soir, elle n'avait pas une minute.

Lex souffla sur une boucle rousse qui lui tombait sur les yeux, puis utilisa son petit doigt pour l'écarter derrière son oreille. Ses cheveux étaient trop longs, et surtout indisciplinés. Sa tresse se défaisait déjà. Elle avait grand besoin d'une séance chez le coiffeur, avec un soin du visage, un massage relaxant et… deux millions de dollars.

D'après le tableau d'affichage électronique, le vol de Londres avait atterri depuis un quart d'heure. Les passagers n'allaient pas tarder à franchir les portes.

Depuis deux ans qu'elle faisait le chauffeur pour Thorpe Industries, elle accueillait toutes sortes de visiteurs. Certains, très bavards et excités par la découverte de l'Afrique, l'inondaient de questions. D'autres gardaient les yeux rivés à leur téléphone ou à leur tablette. Ceux-là, elle avait toujours envie de les secouer pour leur montrer la célèbre montagne de la Table, souvent couverte de sa nappe de nuages, et la vue magnifique sur l'océan. Ils étaient dans l'une des plus belles villes du monde et ne paraissaient même pas s'en rendre compte !

Mais elle se taisait prudemment et se contentait de faire son travail. Ce n'était pas facile de trouver un emploi flexible et bien payé comme celui-ci.

Lex but une gorgée d'expresso en espérant que la caféine lui donnerait un coup de fouet. Elle s'était endormie à 2 heures du matin sur la table de la salle à manger. Elle ne pouvait se mettre à ses études de psychologie médico-légale qu'après le coucher de Nixi et Snow, heure à laquelle elle était invariablement épuisée. Elle était toujours reçue aux examens, mais aurait aimé obtenir de meilleures mentions et passer plus de temps à approfondir les sujets. Néanmoins, les journées n'étaient pas extensibles...

Tu fais de ton mieux. Personne n'exige davantage de toi. Tu donnes le meilleur de toi-même.

Malgré tout, elle avait l'impression de marcher sur une corde raide tendue au-dessus d'un précipice. Au moindre coup de vent, elle risquait de perdre l'équilibre et de tomber dans le gouffre ouvert à ses pieds.

Il fallait s'armer de patience et continuer patiemment ainsi sans se laisser distraire.

Les passagers du vol de Londres arrivaient au compte-gouttes. Lex leva sa pancarte devant une grande blonde en pantalon de lin blanc, puis un petit homme replet aux lunettes d'écaille. Manifestement, ce n'était pas eux qu'elle attendait.

Il y a toujours beaucoup d'animation dans un hall d'aéroport. Deux petits garçons de quatre ou cinq ans couraient et sautaient partout malgré les exhortations de leurs grands-parents. En face, une jeune femme croisait les bras, les yeux dans le vague. Lex se retourna pour regarder par-dessus son épaule.

Plus grand que la moyenne, un homme attira son attention. Entièrement vêtu de noir, il mesurait au moins un mètre quatre-vingt-dix. Avec sa large carrure et ses hanches étroites, il avait une silhouette de nageur. Les manches retroussées de son pull en V révélaient des bras bronzés et musclés. Il portait un sac de voyage en cuir et une sacoche d'ordinateur en bandoulière.

Il était incroyablement sexy ; il irradiait de lui un charme fou.

Lex était célibataire et le resterait encore un bon bout de temps. Même si elle s'était autorisé des aventures, la plupart des hommes auraient rechigné en s'apercevant que sa vie amoureuse figurait en bas de ses priorités, loin derrière ses demi-sœurs.

Quant à envisager une relation durable, c'était tout simplement impossible. De toute manière, sa mère avait connu tellement de déboires sentimentaux que Lex était d'un cynisme absolu sur le sujet de l'amour et de l'engagement.

Incapable de détacher son regard du bel inconnu, elle continua à l'observer à la dérobée. Pour un Apollon de cet acabit, elle aurait tout de même consenti à faire un effort pour le caser dans son emploi du temps. La nuit, de préférence.

Il s'arrêta, sortit son portable de la poche arrière de son pantalon et fronça les sourcils. Il avait les cheveux bruns, coupés très court, des pommettes hautes et une mâchoire carrée, volontaire. Il exsudait la virilité. Les femmes se retournaient sur lui.

Il porta furieusement son téléphone à l'oreille. Il avait

l'air italien, ou peut-être grec, ou arabe. De toute façon, peu importait sa nationalité. C'était une bombe.

Ressaisis-toi, Satchell !

Elle n'allait pas rester là bouche bée, indéfiniment. Il l'aperçut à ce moment précis et leurs regards se croisèrent. Une onde de chaleur la parcourut tandis qu'il la détaillait longuement, de la tête aux pieds. Rien ne lui échappa, de la pointe de ses cheveux roux et son visage en forme de cœur constellé de taches de rousseur, jusqu'à sa vieille veste en jean et ses bottes de motarde.

Elle eut l'impression que le sol se dérobait sous ses jambes flageolantes. Un vertige la saisit tandis que des milliers de piqûres d'épingle couraient sur sa peau électrisée. Dans le grand hall, les couleurs et les sons s'amplifièrent démesurément. Était-elle frappée par une crise cardiaque ? Toutes ses terminaisons nerveuses étaient en feu et une décharge remonta le long de son bras, jusqu'au cœur.

Plus vraisemblablement, elle était sous le coup d'une attirance physique peu commune, d'une violence presque animale. Elle avait entendu parler de ce genre de phénomène, mais n'en avait jamais fait l'expérience, pas à ce degré d'intensité en tout cas.

L'inconnu ramassa son sac et commença à marcher... dans sa direction. Dieu du ciel ! Allait-il entamer la conversation... avec elle ? *Pourquoi ?*

Lex manquait de pratique et ne savait plus flirter. Elle se dandina d'un pied sur l'autre. Les battements de son cœur résonnaient contre ses tempes, elle avait la gorge sèche et du mal à respirer. Qu'allait-il lui dire ? Que répondrait-elle ? Lex jeta un coup d'œil derrière elle. Peut-être se dirigeait-il vers quelqu'un d'autre... Mais non.

Elle se sentit nue, émotionnellement très vulnérable. Comme s'il était capable de la percer à jour et de découvrir les secrets qu'elle dissimulait sous son attitude insouciante et sûre d'elle.

Zut. Il continuait à avancer. Résolument. Pourquoi n'arrivait-elle pas à détacher son regard ? Que lui arrivait-il ?

Il avait des yeux couleur topaze, un étonnant mélange d'or et d'ambre moucheté de vert. Déstabilisée, Lex fit tomber sa pancarte. Un parfum aux notes de bois de santal et de citron vert flotta jusqu'à ses narines.

L'inconnu était encore plus impressionnant de près, avec sa barbe naissante qui ombrait ses joues. Lex s'agrippa à son gobelet.

Calme-toi, Lex. Ne dis rien et ne fais pas de bêtises.

Elle leva la tête pour garder les yeux à la hauteur des siens quand il ouvrit la bouche.

— Je suis Cole Thorpe...

Mais avant même la fin de sa phrase, elle sursauta violemment quand une sonnerie tonitruante retentit dans la poche arrière de son jean. On aurait dit une corne de brume. Elle l'avait choisie exprès pour l'entendre n'importe où dans la maison. Lex serra si fort les doigts sur le gobelet en plastique que le couvercle sauta. Horrifiée, elle vit un jet de café gicler sur le visage du nouveau venu et se répandre sur son pull en cachemire.

Oh.

Au secours !

D'ordinaire, sitôt descendu de son jet privé, Cole montait dans la voiture qui l'attendait pour le mener à destination. Cela ne posait jamais aucun problème. Mais son arrivée au Cap ne suivait pas le schéma habituel.

Tout allait de travers.

Gary, son secrétaire particulier, était en congé de

paternité et sa remplaçante intérimaire n'était vraiment pas à la hauteur. Il appellerait l'agence dès ce soir pour la renvoyer et en engager une autre, la quatrième... Il lui fallait une personne efficace pour lui faciliter la vie, pas pour lui compliquer les choses inutilement. C'était pourtant simple de réserver un taxi pour le conduire de l'aéroport au siège de Thorpe Industries.

Après avoir perdu un quart d'heure à attendre, il avait fini par passer un coup de fil. Apparemment, la conductrice attitrée de la compagnie devait l'accueillir dans le hall des arrivées. Il ne pouvait pas la rater. C'était une rousse flamboyante et elle avait une pancarte. Avec cette description, il l'avait aussitôt repérée. Elle était en train de le dévisager... À sa vue, il était resté cloué sur place.

Très grande, elle mesurait près d'un mètre soixante-quinze et ne passait pas inaperçue avec une chevelure, non pas rousse, mais rouge, auburn et orange vif. Une vraie cacophonie qui lui rappela les feuilles d'érable en automne dans le parc national de Bukhansan, en Corée du Sud. Elle avait la peau constellée de taches de rousseur, comme une myriade d'étoiles couleur cannelle...

Il fut littéralement frappé de stupéfaction. Elle était mince, mais avec de jolies courbes, des sourcils bien dessinés, des yeux brillants – verts ou bleus ? – et une bouche généreuse. Un genre de beauté qui sortait vraiment de l'ordinaire.

C'était sa conductrice et elle tenait sa pancarte à l'envers... Il fronça les sourcils. Cela faisait six mois qu'il n'avait pas prêté attention à une femme. Débordé, il avait complètement relégué sa vie sexuelle à l'arrière-plan. Cette femme l'attirait étrangement.

Mais elle travaillait chez Thorpe Industries. Il ne

mélangeait pas vie professionnelle et vie privée et ne dérogeait jamais à ce principe.

Il remit son portable dans la poche arrière de son pantalon, ramassa son sac et s'approcha. Les lèvres entrouvertes, elle ne le quittait pas des yeux. Manifestement, l'attirance était réciproque.

Après tous les événements de ces derniers mois, il n'avait pas besoin de complications supplémentaires.

Cole ralentit et respira profondément pour recouvrer une parfaite maîtrise de lui. Stressé, fatigué et surmené, il réagissait de façon excessive. De toute manière, avec tous ses soucis, il n'avait pas le temps de songer à une aventure. Il avait une société sur les bras, des investissements à gérer et les fils de sa vie à renouer.

D'ici une semaine, deux tout au plus, il serait reparti loin de l'Afrique du Sud.

S'obligeant à bouger, Cole inspira longuement. Il ne voulait surtout pas trahir son trouble. Normalement doté d'un self-control à toute épreuve, il avait l'impression de pénétrer en territoire inconnu.

Il franchit les derniers mètres et se présenta.

Tout à coup, une espèce de sirène stridente retentit et il s'immobilisa. Au même moment, un liquide froid et collant dégoulina sur ses joues et son menton, puis le long de son torse et jusque par terre.

Choqué, il se figea. Tout allait de mal en pis. Pour comble de contrariété, la jeune femme rousse se mit à pleurer.

C'était plus qu'il ne pouvait supporter. Ces larmes l'achevèrent.

Quand la sonnerie s'arrêta, Lex ferma les paupières en espérant se réveiller de ce cauchemar. Que se passait-il ?

Elle qui ne pleurait jamais éclata subitement en larmes devant le nouveau propriétaire de la firme qui l'employait...

Fouillant dans son *tote bag*, elle en extirpa un paquet de mouchoirs de ses doigts tremblants. Comme elle était incapable de l'ouvrir, une main plus assurée vola à son secours et lui tamponna les yeux. Heureusement, elle se maquillait rarement. Il n'aurait plus manqué que des rigoles de mascara sur ses joues !

Elle aurait voulu disparaître sous terre. Quelle abomination de s'exhiber ainsi ! La dernière fois qu'elle avait pleuré, c'était quand Joelle lui avait décoloré les cheveux, à treize ans. On aurait dit un abricot à moitié mûr... Aujourd'hui, à plus du double de cet âge, elle aurait dû mieux contrôler ses émotions.

En temps ordinaire, elle y arrivait parfaitement.

Alors, où était le problème ? Elle n'était pas plus fatiguée que d'habitude. D'où venait cet état de stress incompréhensible ?

À presque trente ans, elle s'efforçait, avec sa sœur Addi, de remplacer leur mère défaillante pour élever leurs petites demi-sœurs. En même temps, elle poursuivait des études et travaillait, maintenant cahin-caha un semblant de cohésion familiale. Étudiante en psychologie, elle savait que le stress produisait parfois des effets ravageurs et se manifestait par des crises de larmes irrépressibles.

L'épuisement inhibait les fonctions régulatrices de l'organisme. Or, elle avait une fâcheuse tendance à réprimer ses sentiments en se disant qu'elle les analyserait plus tard, quand elle serait seule. Mais elle n'avait jamais le temps de réfléchir. Les tensions accumulées se déversaient en ce moment.

Mais pourquoi trouver un exutoire précisément devant Cole Thorpe, son nouveau patron ? Violemment attirée par cet homme, elle réagissait inconsciemment. Sa sexualité refoulée s'exprimait malgré elle. Les sacrifices qu'elle faisait pour ses sœurs lui pesaient sans doute plus qu'elle ne pensait.

Ses lourdes responsabilités l'emprisonnaient et empêchaient sa féminité de s'épanouir. Elle en avait vaguement conscience et en ressentait une vive culpabilité.

C'était sûrement l'explication.

Elle y penserait plus tard. Pour le moment, il fallait sortir de ce mauvais pas et sauver la situation. Un licenciement serait désastreux. Elle avait désespérément besoin de garder son emploi.

Quand elle redressa la tête en reniflant, Lex n'en crut pas ses yeux. Le P-DG de Thorpe Industries était en train d'enlever son haut. Un picotement délicieux courut sur son ventre à la vue de son torse musclé pendant qu'il s'essuyait le visage. Puis, il s'accroupit posément, sortit un autre pull de son sac, gris perle, et l'enfila avant de rouler l'autre en boule dans un coin.

La scène n'avait pas duré plus d'une minute, mais Lex en était toute retournée.

Au lieu de pleurer, elle aurait dû présenter ses excuses et essayer de se rattraper...

Elle se racla la gorge et tendit la main gauchement.

— Je suis vraiment désolée de cette entrée en matière.

— Vous êtes ?

Elle avait oublié de donner son nom. *Super.*

— Lex Satchell.

Il hocha la tête et saisit son bagage.

— Sortons de cet aéroport. Où est la voiture ?

Elle avait du mal à reprendre ses esprits.

— Euh... À l'étage inférieur. Attendez-moi devant l'entrée, si vous voulez. Je vais prendre votre sac.

— Non, je vous suis. Assez de temps perdu. Je veux passer à mon hôtel avant d'aller au siège de la société.

Allait-il la renvoyer ? La question lui brûlait les lèvres, mais devant sa mine sévère, elle préféra s'abstenir. Il valait mieux ne pas l'incommoder davantage.

2

Cole s'assit sur la banquette arrière de la grosse Land Rover, de biais par rapport à la conductrice. *Sa* conductrice, se rappela-t-il mentalement en chaussant ses lunettes de soleil. Il ne pouvait pas s'empêcher de l'observer. Elle avait un beau profil, avec un petit nez mutin, et de jolies épaules. Elle conduisait bien, manœuvrant habilement au milieu de la circulation intense. Elle jetait de temps à autre un coup d'œil dans les rétroviseurs et avait retrouvé la pleine possession de ses moyens.

À en juger par son expression mortifiée, elle ne devait pas pleurer souvent. Peut-être jamais. Qu'est-ce qui avait déclenché cette crise de larmes ? Après leur échange de regards, tout s'était précipité. Elle avait sans doute eu peur de sa réaction.

Il avait très envie de l'interroger. Néanmoins, il se retint. Il préférait garder ses distances avec une employée et faire comme si de rien n'était. C'était la meilleure manière de la respecter.

Malgré tout, la curiosité le tenaillait. En plus, il avait envie de la réconforter et de la rassurer.

Il l'aurait volontiers serrée dans ses bras et s'effrayait de cet instinct protecteur tout à fait inhabituel. D'où cela venait-il ? Il n'avait pas d'exemple dans son entourage. Enfant, il avait toujours affronté seul les difficultés de la vie, les déceptions comme les injustices. Il n'était généralement pas tendre avec les gens et s'étonnait de vouloir consoler cette employée.

Ravalant un soupir, Cole se tourna vers la vitre et regarda distraitement la banlieue pauvre qu'ils traversaient. Il se trouvait dans la ville la plus au sud de l'Afrique. La semaine précédente, il était à Chicago, et quinze jours plus tôt à Hong Kong. Il effectuait une tournée d'inspection des succursales de Thorpe Industries, tout en continuant à gérer ses fonds d'investissement internationaux.

Cole ferma les paupières derrière ses lunettes noires. Fugacement, l'image de son frère aîné en robe orange flotta dans son esprit. Sam songeait-il jamais aux responsabilités écrasantes qui incombaient au P-DG de Thorpe Industries ? Les innombrables voyages, les réunions interminables, les repas d'affaires... Mais aussi le jet privé et les costumes de grand couturier à cinq mille dollars. Après de longues études supérieures et une existence de privilégié, le premier-né de Grenville Thorpe, le célèbre industriel, avait tout quitté pour entrer dans un monastère bouddhiste, et son cadet se demandait s'il regrettait parfois cette décision.

Cole rouvrit les yeux, mais les événements des six derniers mois défilaient sans lui laisser de répit. L'an dernier, la mort de son père lui avait causé un choc sévère. Il n'avait aucun chagrin, mais la soudaineté de cette disparition l'empêchait à tout jamais de se venger d'un père qui l'avait ignoré toute sa vie.

Au cours des cinq années précédentes, Cole avait patiemment ourdi son plan, rachetant discrètement des parts de Thorpe Industries et amassant des actions dans les multinationales étroitement liées à ses activités. Acculé, au pied du mur, son père aurait bien été obligé de prendre enfin son fils en considération. Cole n'était qu'à quelques mois du dénouement lorsque Grenville avait été terrassé par une crise cardiaque à bord de son yacht, sur la côte amalfitaine.

Sam était son seul et unique héritier. Sans surprise, Cole n'était même pas mentionné dans le testament.

Comme il n'avait aucune intention de ruiner son frère, il avait reculé et renoncé à exécuter ses projets. Son but était de se confronter à son père pour être enfin reconnu. Cela n'arriverait plus.

La mort l'avait spolié de sa vengeance.

Puis, exactement six mois après le décès de leur père, Sam avait troqué son costume Armani pour une robe safran, et sa joyeuse vie de célibataire pour l'abstinence. Après avoir vécu dans l'abondance et le luxe, il se contentait désormais d'un repas par jour et couchait sur une paillasse. C'était son choix et Cole ne portait aucun jugement là-dessus. Mais il ne comprenait pas pourquoi Sam lui avait tout légué avant de se retirer du monde.

Cole ne pouvait même pas lui poser la question. Car Sam s'était volatilisé, laissant derrière lui comme seul et unique intermédiaire son avocat londonien, lequel assurait que tout allait bien mais que son client était indisponible.

D'après ce même avocat, Sam avait appris que son frère voulait apparemment racheter la compagnie et la lui avait offerte en croyant lui faire plaisir.

Cole avait certes eu des vues sur Thorpe Industries, mais pas dans ces conditions. Sans la satisfaction de la vengeance, cela ne représentait plus rien.

Grenville devait se retourner dans sa tombe. Le fils aîné qu'il adulait avait renoncé à tout, jusqu'à son nom, et le cadet, dédaigné et méprisé, était désormais propriétaire de ses biens et de sa fortune. Cole ne savait même pas si son père le haïssait et le méprisait. C'était pire que cela. Il n'existait tout simplement pas à ses yeux. On l'avait rejeté dans le néant.

Le téléphone de Cole vibra. Il soupira en voyant le nom qui s'affichait et ne répondit pas. Il écouterait le message sur sa boîte vocale. Avec la société, les biens immobiliers et les possessions matérielles, Cole avait aussi hérité de la responsabilité de Melissa, l'amie de Sam de longue date. C'était maintenant lui le propriétaire de son appartement et il continuait à lui verser une substantielle allocation mensuelle.

Cela ne le dérangeait pas. Melissa espérait depuis longtemps se marier avec Sam. Elle avait droit à des compensations après l'épreuve qu'elle venait de traverser. Cole dînait de temps en temps avec elle. Les journaux commençaient à jaser. Il faudrait faire une mise au point.

Les histoires sentimentales de Cole ne duraient jamais très longtemps. Il n'aimait pas la vie en couple et repoussait les femmes en demande d'une trop grande intimité. Ignoré par son père, élevé par une mère assez froide et ayant peu de contacts avec son frère, il se sentait mieux seul et avait l'habitude de mener une vie indépendante. À son retour à Londres, il rendrait sa liberté à Melissa en lui offrant l'appartement et deux millions de livres sterling. Cela adoucirait la rupture de ses liens avec la famille Thorpe.

Avec un peu de chance, il se débarrasserait aussi facilement de Thorpe Industries. Il avait décidé de démanteler l'empire paternel et s'appliquait à relocaliser toutes les activités annexes.

Il avait soigneusement étudié les dossiers. Néanmoins,

le meilleur moyen était encore de se rendre sur place. C'est pourquoi il parcourait le monde depuis quelques semaines. Il avait mis sur le marché les appartements de Sam à Londres et à Hong Kong, vendu son hélicoptère et son yacht et confié sa collection de tableaux à un commissaire-priseur. Il placerait une partie des bénéfices sur un compte en banque, pour le cas où Sam changerait d'avis et quitterait sa robe de moine. Ensuite, il distribuerait le reste à des œuvres de bienfaisance. Il avait sa fortune personnelle et n'avait nul besoin de l'argent de son frère ni de son père.

Les actifs africains ne semblaient pas poser de problèmes particuliers. Il ne prévoyait pas de complications et en aurait vite terminé.

Lex surprit l'expression de Cole dans le rétroviseur. Depuis qu'elle l'avait subrepticement aperçu torse nu, elle avait une furieuse envie de l'appeler par son prénom, c'était plus fort qu'elle.

Il avait l'air tellement sombre et solitaire...

Elle aurait voulu lui demander ce qui le tourmentait, mais sa curiosité aurait été tout à fait inconvenante. M. Thorpe était son patron, et elle simple conductrice à son service.

Tout de même, elle allait parler un peu, juste pour le distraire. Un homme aussi beau n'avait pas le droit d'être aussi... triste. Elle avait déjà deux mauvais points contre elle, le café et les larmes. Il fallait faire attention à rester en terrain neutre. Après le virage, elle lui montrerait la montagne de la Table et engagerait la conversation sur la ville du Cap. C'était sans danger.

Cole Thorpe, bien que richissime, semblait malheureux et en mal d'amitié.

Au moment où elle ouvrait la bouche, son téléphone sonna. Son cœur bondit quand elle reconnut le numéro de l'école primaire Saint-Agnes. Elle était obligée de répondre via Bluetooth, donc Cole entendrait la conversation. *Zut*. Encore un mauvais point. Elle les collectionnait, aujourd'hui.

Heureusement, les filles allaient bien. La maîtresse de Nixi appelait pour lui recommander de ne pas oublier les vingt-quatre cupcakes promis pour leur vente de gâteaux.

— Il nous les faut pour midi.

Des cupcakes ? Quels cupcakes ?

— Excusez-moi, quels cupcakes ? demanda Lex, affolée.

De toute façon, il était trop tard.

— Je vous ai envoyé un rappel la semaine dernière.

Lex fit la grimace. Sa boîte de réception débordait de messages, elle l'avait sûrement raté.

— Je suis désolée, cela m'a complètement échappé. Même si j'allais les acheter dans une pâtisserie, je ne pourrais plus les apporter à temps.

— Faites au mieux, madame Satchell.

Elle essayerait malgré tout de caser cet imprévu... Elle ignorait si Cole aurait besoin de ses services plus tard, auquel cas il lui faudrait repousser son cours particulier de français. Elle devait aussi envoyer par mail avant 17 heures un travail qui n'était pas terminé. Mais les exigences de Cole étaient prioritaires. Son travail de conductrice à temps partiel, décroché grâce à Addi, payait bien et elle ne pouvait pas se permettre de le perdre.

Si toutefois on ne la licenciait pas dans la journée à cause de ses bévues...

Comment cette histoire de cupcakes lui était-elle sortie de l'esprit ? Les petites seraient déçues, mais ce n'était pas si grave. Snow et Nixi s'en remettraient. Avec Joelle, la mère qu'elles partageaient avec trois autres sœurs, elles avaient malheureusement l'habitude des déconvenues.

Lex changea de file pour doubler un camion-remorque. Elle songea à appeler Addi, qui travaillait à la réception de Thorpe Industries, mais sa sœur était en réunion toute la matinée. En temps normal, elle se serait adressée à Giles, sa secrétaire et amie. Avec le P-DG dans la voiture, il ne fallait pas y penser.

Elle ne voulait surtout pas porter tort à Addi, dont le salaire réglait la plus grosse part de leurs dépenses, alors que la contribution de Lex concernait seulement le quotidien. Sans leurs aînées, les petites auraient été placées en foyer ou en famille d'accueil. Addi assurait le budget, et la présence de Lex la stabilité émotionnelle, dont ni l'une ni l'autre n'avaient bénéficié enfants. En fait, comme Addi partait tôt le matin et rentrait tard le soir, Lex avait souvent l'impression d'être mère célibataire.

Le temps avait passé si vite, depuis qu'elles avaient pris en charge les deux petites... À vingt-trois ans, célibataire, Lex venait de rencontrer quelqu'un qui lui plaisait beaucoup et s'apprêtait à changer d'avis sur l'amour, la confiance et l'engagement. Fiancée, Addi devait se marier trois mois plus tard et Storm venait juste de finir le lycée. Sans nouvelles de leur mère depuis sept ans, elles l'avaient vue débarquer un beau jour avec deux enfants dont elles ignoraient complètement l'existence. Addi et Lex avaient à peine eu le temps de se faire à l'idée qu'elles étaient désormais cinq sœurs, de cinq pères différents, que Joelle leur demandait de garder Nixi et Snow un week-end.

Elles attendaient encore son retour...

L'apparition inopinée de leurs demi-sœurs avait bouleversé leur existence. Le mariage d'Addi avait été repoussé, puis annulé. L'intérêt nouveau que Lex portait à l'amour était brusquement retombé. Ce dernier épisode de la vie de sa mère la confortait dans ses soupçons. L'amour, hélas, ne durait pas. Le père d'Addi était parti en apprenant la grossesse de sa compagne et Lex ne savait même pas qui était le sien. Joelle prenait la poudre d'escampette à la première difficulté. Quant au fiancé d'Addi, il avait rompu deux mois après l'arrivée de leurs demi-sœurs.

Le message était clair : on ne pouvait pas compter sur l'amour pour surmonter les épreuves du destin. Seuls le courage, la détermination et l'endurance permettaient de s'en sortir.

Une indication du GPS tira Lex de ses réflexions. Secouant la tête, elle quitta l'autoroute. Elle s'autorisait rarement à regarder en arrière. Cela ne servait à rien. On ne changeait pas le passé. Il fallait juste faire face.

Elle se secoua. Le stress et la fatigue expliquaient sans doute cet accès de découragement. À vingt-huit ans, elle ne pouvait pas déborder d'optimisme et d'énergie en dormant seulement trois heures par nuit.

Il lui restait encore deux ans d'études avant d'obtenir son diplôme de psychologue médico-légale. Les filles seraient un peu plus grandes, elle pourrait chercher un travail à plein-temps, peut-être même se distraire et s'amuser un peu.

Il fallait tenir jusque-là. Lex avait parfois l'impression de ne pas en faire assez. Pourtant, elle donnait le meilleur d'elle-même.

— Vous avez des enfants ?

Elle sursauta. Y avait-il une pointe de déception dans la question de Cole Thorpe ? Non, elle projetait ses propres fantasmes. Les don Juan milliardaires comme lui ne s'embarrassaient pas d'émotions avec les femmes trop ordinaires.

Mais elle lui fut reconnaissante de briser le silence.

— Non, les cupcakes sont pour l'école de mes petites sœurs.

— Pourquoi n'a-t-on pas appelé leur mère ?

Lex s'arrêta au feu rouge et serra les doigts sur le volant.

— Je les élève seule avec ma sœur Addi, qui est directrice adjointe du comité d'entreprise de Thorpe Industries.

Elle crut lire du respect dans son expression.

— Vos parents sont morts ?

La situation aurait été tellement plus simple à expliquer, si c'était le cas ! Comment dénoncer l'égoïsme et l'irresponsabilité de sa propre mère ?

Elle redémarra et pila sur le frein quand une voiture lui coupa la route au dernier moment.

— Les conducteurs du Cap sont épouvantables, commenta-t-elle.

Les grilles du Vane Hotel se profilaient sur la gauche.

— Nous sommes presque arrivés.

— C'est dommage, murmura Cole.

Que signifiaient ces propos sibyllins ? se demanda Lex en franchissant le portail.

3

Cole comprit tout de suite pourquoi son ami Jude Fisher lui avait recommandé cet hôtel qui jouissait d'une vue imprenable sur la montagne de la Table.

Lex remonta l'allée jusqu'à l'entrée et Cole détacha sa ceinture de sécurité. Au moment où il s'apprêtait à descendre, elle se tourna vers lui et planta ses yeux extraordinaires dans les siens.

— Je vous attends pour vous conduire chez Thorpe Industries ? Sinon, à quelle heure dois-je revenir vous chercher ?

Il secoua la tête.

— Ma secrétaire a loué une voiture. Je préfère conduire moi-même.

Il tentait désespérément d'ignorer les picotements qui remontaient le long de sa colonne vertébrale. Pourquoi ne pas annuler la location et demander à Lex de le piloter ? Il détestait se faire conduire et préférait être au volant, mais cela lui permettrait de passer plus de temps avec cette étonnante et belle jeune personne.

C'était une idée… stupide. D'abord, il jugeait horriblement prétentieux d'avoir un chauffeur. Ensuite, ce n'était pas du tout raisonnable de s'enfermer dans une voiture avec une femme qui lui inspirait un désir aussi violent.

Elle était son employée. Jamais il n'outrepassait cette limite. Cela n'amenait que des complications. En même temps, la pensée de ne pas la revoir lui était insupportable.

Il voulait en apprendre davantage sur sa situation, savoir comment elle en était venue à se charger de l'éducation de ses sœurs. Il voulait goûter sa peau au creux de son cou, la couvrir de baisers, nouer ses longues jambes autour de ses reins. Il voulait...

Sérieusement, Thorpe ? Cole se frotta le visage comme pour se réveiller. Que lui arrivait-il ? Qu'avait donc cette femme de si fascinant ? Il en avait rencontré d'aussi belles et en avait séduit un certain nombre, mais sans jamais retrouver la saveur et l'enthousiasme de ses seize ans.

Elle n'a rien de plus que les autres...

Il aurait beau se répéter cette phrase indéfiniment comme un mantra, cela ne changerait strictement rien. Elle l'attirait mystérieusement, avec une force insondable et inéluctable.

Il fallait donc l'éviter. Absolument.

— Alors, vous n'aurez pas besoin de mes services ?

— Non.

Malheureusement.

En croyant lire de la déception dans son regard, peut-être même de la panique, il fut tenté de changer d'avis. Le décalage horaire suffisait sans doute à expliquer l'absurdité de ses réactions. Puis il se rappela qu'il avait dormi six bonnes heures pendant le vol. Et il n'y avait que deux heures de décalage entre Londres et Le Cap...

Ces grands yeux verts et cette voix légèrement rauque l'ensorcelaient. Il aurait pu la regarder et l'écouter jusqu'à la fin des temps.

Un porteur et un voiturier s'approchèrent. Il mit pied à terre ; Lex fit de même. Une employée tirée à quatre épingles arriva à sa rencontre, sans doute le service de conciergerie personnalisée. Cole s'apprêtait à congédier Lex quand son téléphone sonna. L'appel venait d'un de ses plus gros clients, il était obligé de répondre.

Il se tourna vers Lex en lui indiquant la concierge.

— Donnez-lui mon nom et prenez mon ordinateur dans le coffre pour le porter dans ma suite. Attendez que je vous rejoigne.

Son MacBook contenait des informations vitales. Il veillait dessus comme sur la prunelle de ses yeux, mais le confia sans hésiter à Lex. Il ne se demanda pas une seconde pourquoi il ne le gardait pas pendant qu'il parlait au téléphone.

Dix minutes plus tard, il pénétra dans le hall Art déco, remplit sa fiche à la réception et monta au dernier étage, où Lex l'attendait sur le palier.

— Voulez-vous que je défasse vos bagages, monsieur Thorpe ? demanda le porteur poliment.

Cole fit un signe négatif de la tête et lui glissa un billet dans la main. Puis, accompagné de Lex, il entra dans le vestibule de sa suite et s'avança dans le salon. Les grandes baies vitrées dominaient des chênes séculaires et offraient un magnifique panorama sur la montagne de la Table.

— C'est certainement la meilleure vue du Cap.

Il acquiesça d'un signe de tête et ils contemplèrent un instant en silence le somptueux paysage.

Puis il se tourna vers elle pour prendre son ordinateur. Leurs mains s'effleurèrent à peine. Pourtant, il ressentit comme une décharge électrique tout le long de son bras. Lex rougit violemment tandis que ses yeux verts s'assombrissaient, et elle vacilla légèrement sur ses jambes.

— Monsieur Thorpe, je…

Elle s'interrompit. Leurs doigts se touchaient sur la bandoulière. Elle ne s'écarta pas, et lui non plus.

Il fallait rompre ce contact… immédiatement. Elle était sa conductrice, une employée de Thorpe Industries avec laquelle il devait garder ses distances. Mais c'était aussi impossible que d'empêcher son cœur de battre.

— Lâchez cette sacoche, ordonna-t-il un peu sèchement.

Elle toussota.

— C'est plus fort que moi, je n'y arrive pas.

Il émit un grognement et respira son parfum, léger et fleuri. Puis il posa son pouce sur le dos de sa main. Elle inspira profondément et rejeta la tête en arrière. Alors, fatalement, il approcha sa bouche de la sienne.

Il n'était plus qu'à quelques centimètres quand elle recula avec un sursaut, craintivement.

— Vous êtes marié ?

— Non.

— Fiancé ? Vous voyez quelqu'un ? Vous avez une maîtresse ?

Cela faisait six mois qu'il n'avait pas eu de rapport sexuel. Il avait bien trop de soucis pour songer à cela. Melissa était la seule femme qu'il fréquentait sur un plan personnel, mais il n'y avait rien entre eux. Ils s'étaient juste embrassés une fois, sur son instigation à elle. Il la connaissait par Sam et n'avait pas envie d'approfondir leur relation.

— Non, répondit-il impatiemment.

— Vous êtes sûr ?

— Évidemment. Je peux vous embrasser, maintenant ?

— Nous ne devrions pas. Vous êtes mon patron.

Elle avait un air suppliant. Manifestement, elle avait

autant envie que lui de se laisser aller à la folie qui les poussait l'un vers l'autre.

— Dites-moi de ne pas vous embrasser, Cole, l'implora-t-elle.

— Je ne peux pas, chuchota-t-il en se penchant de nouveau.

Un bruit de voix résonna dans le couloir. La porte de la suite était ouverte. N'importe qui pouvait les voir. Cole s'écarta tandis que la réalité le rattrapait. Il était au Cap pour affaires. Lex était sa conductrice.

Il ne se compromettait pas dans ce genre de situation. Un dirigeant d'entreprise se devait de respecter les gens qu'il payait et qui travaillaient sous ses ordres.

Il avait des valeurs morales.

Cole passa la bandoulière de son ordinateur sur son épaule et inspira profondément.

— Merci de m'avoir conduit à mon hôtel.

Elle hocha la tête. Sa tresse était à moitié défaite. Il imagina furtivement ses cheveux répandus sur l'oreiller.

— C'est mon travail, répondit-elle avant de tourner les talons pour se diriger vers l'ascenseur.

Dès qu'il fut seul, Cole referma la porte, se courba pour mettre les mains sur les cuisses et respira plusieurs fois longuement. Il ne se souvenait pas d'avoir jamais été dans un état pareil.

Comment la situation avait-elle pu lui échapper à ce point ?

Avant l'arrivée des petites, Lex avait eu un ou deux amants et croyait savoir ce qu'étaient le désir et l'attirance physique.

Elle se trompait complètement...

Elle aimait les hommes, les sensations qu'ils éveillaient dans son corps, mais rien ne l'avait préparée à l'intensité de ce qu'elle éprouvait avec Cole. Son contact l'avait projetée complètement ailleurs. S'il l'avait embrassée, elle n'aurait plus répondu de rien, propulsée dans un univers inconnu.

Le baiser n'avait pas eu lieu. Néanmoins, plusieurs heures plus tard, encore tremblante et déstabilisée, elle sentait son cœur tambouriner contre ses côtes. L'estomac chaviré, elle n'était plus elle-même.

Dans la petite véranda du cottage où elle habitait avec Addi et leurs sœurs, elle s'enveloppa dans une couverture tout en écoutant les rires et les bribes de conversation dans la cuisine. Ses pensées la ramenaient constamment à ce qui aurait pu se passer dans la chambre d'hôtel. Seule avec Cole, éperdue de désir, elle se serait donnée à lui sans hésiter.

Sous son regard, elle se sentait délicieusement femme et séduisante.

Après l'avoir quitté, elle avait marché lentement vers le parking où le voiturier avait garé la Land Rover. Son rythme cardiaque refusait de ralentir. Ses joues restaient brûlantes malgré le vent glacial. Elle n'avait rien pu faire de la journée.

Et elle avait totalement oublié les cupcakes...

Lex soupira et se pelotonna sur le canapé en ramenant les genoux sous le menton. Elle se sentait à la fois épuisée et horriblement nerveuse, sous tension. Jusqu'alors, elle ne soupçonnait pas qu'elle était capable d'agir de façon irrationnelle sous l'effet d'une forte attirance physique. Si elle avait su, elle aurait gardé ses distances. Car elle connaissait bien les conséquences d'un désir effréné. Elle en avait souffert toute sa vie.

Sa mère Joelle était une femme très sensuelle qui ne

cachait pas son amour des hommes. Elle n'était pas faite pour la monogamie, et courait d'une expérience à une autre pour se maintenir au plus fort de la passion.

Lex ne prononçait aucun jugement moral sur l'existence que menait Joelle. Peu lui importait le nombre d'hommes qu'elle avait connus. Elle pouvait bien coucher avec qui bon lui semblait. C'était son corps, sa vie, son choix...

Mais elle acceptait difficilement de payer le prix de l'insoumission de sa mère, de la guerre qu'elle livrait contre les normes sociales et l'assignation au mariage. Enfants, Addi et elle étaient trop souvent passées au second plan, reléguées dans une chambre d'amis impersonnelle, dans la maison ou l'appartement de la nouvelle conquête de leur mère. Elles faisaient de leur mieux pour se rendre invisibles. Mais immanquablement, au bout de quelques semaines ou de quelques mois, elles redéménageaient.

Seul le père de Storm, Tom, avait tenu plusieurs années avant de partir en emmenant leur fille. Après leur rupture, l'errance avait recommencé jusqu'à l'adolescence d'Addi et de Lex, quand Joelle avait réussi à convaincre tante Kate de les accueillir sous son toit pendant des vacances d'été.

Prétextant un job en Thaïlande, Joelle n'était revenue que six mois plus tard. Il était difficile de dire qui avait été la plus heureuse des quatre quand tante Kate l'avait informée qu'elle gardait définitivement ses filles. Lex, toutefois, s'était interdit de se réjouir trop vite. Après des années d'instabilité et de décisions impulsives, elle savait qu'il fallait s'attendre à tout.

Elle ne s'était sentie véritablement chez elle de façon permanente qu'à la mort de sa tante, peu après son vingt et unième anniversaire, lorsqu'elle avait hérité de la maison. Dorénavant, personne ne l'obligerait plus jamais à s'installer ailleurs. Elle ne risquait plus de voir ses affaires jetées sauvagement sur le trottoir et ne servirait plus d'otage. *Tu ne peux pas nous mettre à la rue ! J'ai des enfants !* Et Joelle ne l'accuserait plus de contrecarrer ses projets. *Si vous n'étiez pas là, toutes les deux, il m'aimerait encore.*

Cela n'avait d'ailleurs pas empêché l'histoire de se répéter puisque Joelle avait réapparu un beau jour avec deux enfants supplémentaires...

Lex pensait souvent à sa mère, à sa facilité incroyable à faire des promesses qu'elle ne tenait jamais. Les mots d'amour coulaient tout naturellement dans sa bouche. Pourtant, rien ne la retenait jamais. Lex avait toujours fait tout son possible pour la contenter et satisfaire à ses exigences, changer de couleur de cheveux, cacher ses taches de rousseur... Rien n'y faisait. Sa mère l'abandonnait, encore et encore.

Dans ces conditions, comment aurait-elle eu confiance en l'amour ?

— Lex ? Tout va bien ?

Addi la rejoignit et lui tendit un verre de vin avant de s'asseoir à côté d'elle. Lex retira la couverture de ses épaules et l'étendit sur leurs genoux en se pelotonnant contre sa sœur. C'était ainsi qu'elles avaient vécu leur enfance, cramponnées l'une à l'autre, liguées contre un monde régi par des adultes inconstants, tout en s'efforçant de suivre des règles incompréhensibles.

— Les filles sont devant la télé ? demanda Lex.

— Oui. Quelque chose ne va pas ? Tu as l'air absente.

— Je...

Sur le point de tout lui raconter, Lex se ravisa brusquement. Des cernes sous les yeux, ses cheveux blonds très courts ébouriffés, Addi paraissait épuisée.

— Tu as des nouvelles, pour ton travail ? s'enquit Lex d'une voix soucieuse.

Addi secoua la tête.

— Cela ne m'inquiète pas trop. En cas de licenciement, je n'aurai aucun mal à retrouver un emploi. Le mois dernier, j'ai eu deux coups de fil d'une agence de recrutement. Pour le moment, on n'en parle pas, d'accord ?

Addi posa la tête sur l'épaule de Lex.

— Storm a téléphoné. Elle voudrait emmener les petites chez Hamish et Callie pendant les vacances d'hiver. Ils ont loué une maison à Durban en bord de mer.

Hamish, que Tom avait eu d'un premier mariage, était le demi-frère de Storm, marié à la pédiatre de Nixi et de Snow. Le couple avait deux garçons à peu près du même âge.

— Qu'en penses-tu ? demanda Lex.

— Je suis pour. Le climat à Durban est divin en cette saison, beaucoup plus chaud qu'ici. Les filles vont s'éclater. Entre un chirurgien, une pédiatre et leur sœur, elles ne peuvent pas être mieux entourées. En plus tu as besoin de te reposer, Lex.

Effectivement, trois semaines de vacances ne seraient pas du luxe.

— D'accord, dit Lex en surmontant une pointe de culpabilité.

Elle reposa son verre en cherchant comment aiguiller la conversation sur Cole Thorpe. Bizarrement, elle avait envie de savoir si Addi l'avait vu et ce qu'elle pensait de lui.

— J'ai accueilli le grand patron à l'aéroport ce matin..., commença-t-elle.

Pourquoi était-elle obligée de parler de lui, au lieu de le chasser de son esprit ?

— J'ai renversé ma tasse de café sur lui.

— Tu plaisantes ? s'écria Addi, horrifiée.

Si seulement...

— Tu es très amie avec Trish, aux ressources humaines. Elle n'a parlé de rien ? On ne va pas me renvoyer, j'espère.

— Pas que je sache.

Ouf.

— Il est très bel homme, observa Addi songeusement.

— Tu l'as vu ? lança Lex un peu trop vivement.

— Il a convoqué tout le personnel hier après-midi en assemblée générale. Il fait une tournée d'inspection des succursales de Thorpe avant d'élaborer un plan d'avenir.

— Il va vendre ?

— Non, mais c'est de notoriété publique qu'il est en train de négocier avec les États-Unis et la Chine. Tu devrais chercher un autre temps partiel, Lex.

Cela ne courait pas les rues, surtout avec un aussi bon salaire et un emploi du temps aussi flexible.

— Il devrait nous laisser en paix.

— Tu es très tendue quand tu parles de lui, observa Addi.

Que dirais-tu si tu nous voyais ensemble ! pensa Lex dans son for intérieur.

— Il s'est passé quelque chose pendant le trajet ?

— Non, répondit Lex.

Plutôt après...

Lex reprit son verre et but une gorgée. Elle n'avait pas de secrets pour Addi, mais ne pouvait se résoudre à tout lui raconter pour la bonne raison qu'elle n'arrivait pas à se l'expliquer.

Ces choses-là étaient tellement mystérieuses... Ils s'étaient plu au premier regard. Tout en revivant la scène de leur rencontre, elle passa vite sur l'incident du café et fit un arrêt sur image au moment où il changeait de pull, dévoilant son torse superbement musclé.

Ensuite, il y avait eu quelques échanges de regards appuyés dans le rétroviseur de la voiture. Elle n'avait jamais vu des yeux de cette couleur, d'un brun mordoré. En arrivant à l'hôtel, elle s'était ressaisie et vertement réprimandée.

Mais l'impensable s'était produit au moment où leurs doigts s'étaient touchés. Quel déferlement d'émotions !

Addi s'écarta pour regarder sa sœur en fronçant les sourcils.

— Tu me caches quelque chose, Lex Satchell !

J'ai failli embrasser notre patron. Si l'occasion se représentait, je le ferais sans hésiter, et plus encore. Mais un désir aussi fort me terrorise, parce que toutes les bêtises que Joelle a commises ont surgi d'une passion irraisonnée pour un homme. Mais il me plaît. Beaucoup.

Lex détourna la tête. Il ne fallait pas attacher trop d'importance à un incident sans gravité. De toute manière, elle ne reverrait probablement pas Cole Thorpe puisqu'il préférait conduire lui-même une voiture de location. Il fallait l'oublier.

Se rappelant brusquement l'expression soucieuse qu'elle avait surprise sur le visage d'Addi, elle lui retourna l'accusation.

— Ne serait-ce pas plutôt toi qui as quelque chose à me dire ?

Elle avait fait mouche, car Addi plissa le nez et éluda en se levant.

— Je rentre. Il fait trop froid ici.

Lex n'insista pas car son portable lui signala un message, d'un numéro inconnu. Elle l'ouvrit curieusement.

J'ai un dîner d'affaires. Passez me prendre au bureau dans une heure et quart. CT.

Son estomac se noua et ses jambes flageolèrent à l'idée de le revoir.

Des ennuis s'annonçaient.

4

Il pleuvait des trombes d'eau sur l'autoroute. Lex leva le pied de l'accélérateur et augmenta la vitesse des essuie-glaces. Assis à l'avant à côté d'elle, Cole semblait plus lointain et impénétrable que jamais. En recevant son SMS, tout à l'heure, elle s'était demandé s'il avait des regrets, pour le baiser...

Elle se secoua mentalement. Cole devait avoir dans les trente-cinq ans, et une solide expérience de séducteur. Il n'avait probablement pas accordé la moindre importance à ce qui s'était passé.

Il se serait moqué d'elle s'il avait su à quel point l'incident l'obsédait. C'était stupide de s'imaginer autre chose.

— Merci de vous être rendue disponible, dit Cole. Je vous ai prévenue au dernier moment.

— Je ne fais que mon travail. Pourquoi avez-vous changé d'avis ?

— C'est la faute de ma secrétaire. La voiture ne me convenait pas et l'agence n'avait aucun modèle à ma convenance.

Cole était sûrement un client difficile, avec toutes sortes d'exigences. Elle glissa un regard dans sa direction. Déjà impressionnant en tenue décontractée, il était encore plus imposant dans son costume gris anthracite, avec une cravate dans des tons cuivre et or. Il exsudait de l'autorité et de la puissance.

Pourtant, il ne l'intimidait pas. Son attirance n'avait rien à voir avec sa fortune, ses costumes à dix mille dollars ou son parfum de créateur, même si elle l'aurait humé avec grand plaisir au creux de son cou. Il s'agissait d'autre chose, d'une alchimie indéfinissable.

Elle avait une envie folle de connaître le goût de sa bouche et de presser son corps contre le sien. Comment pouvait-elle ressentir une telle frustration alors qu'il ne s'était rien passé ? Elle avait l'impression d'être dans la peau d'une héroïne de roman rose.

— J'ai eu un comportement déplacé, hier. Je suis désolé.

Lex accueillit ces propos avec une moue approbatrice.

Sois cool... Fais semblant de rien. Ne montre surtout pas que tu es incapable de penser à autre chose depuis.

— C'était une aberration, reprit-il. En temps normal, je ne perds jamais mon self-control.

Elle s'arrêta à un feu rouge. Il paraissait sincèrement confus. L'emploi du mot *aberration* l'irrita malgré elle.

— Êtes-vous fatigué ? Surmené ? Stressé ? demanda-t-elle.

— Oui, admit-il. Les six derniers mois ont été particulièrement rudes.

En quoi cela justifiait-il un instant d'égarement avec une inconnue ?

— Je vous présente mes excuses, madame Satchell.

Le feu passa au vert et elle redémarra. Inutile de s'appesantir sur le sujet, il valait mieux tout oublier. Après avoir trop longtemps négligé sa libido, Lex en subissait les conséquences. Il était temps de revenir à la raison en rétablissant les priorités. On n'embrassait pas son patron. Cela ne se faisait pas.

Elle profita de l'occasion pour aborder des préoccupations plus prosaïques.

— Cole... Hum... monsieur Thorpe... Aurez-vous de nouveau recours à mes services ?

— Comme je vous l'ai dit, je préfère conduire moi-même.

Elle se racla la gorge. S'il ne la sollicitait pas, son salaire subirait une énorme diminution. Elle touchait un fixe ridiculement bas et gagnait surtout son argent en additionnant les kilomètres au volant. Gênée dans son amour-propre, elle résolut néanmoins de lui expliquer sa situation.

— Thorpe Industries me rétribue essentiellement au nombre d'heures effectuées. Donc, votre velléité d'indépendance affecte le montant de mes revenus, dit-elle le plus sobrement possible.

Il n'avait pas besoin de savoir qu'il fallait acheter des pyjamas neufs pour les filles, faire réviser la voiture et régler le prochain trimestre de scolarité.

Elle sentit son regard, mais garda les yeux fixés droit devant. Bien sûr, il avait tous les droits. Rien ne l'obligeait à utiliser ses services. Malgré tout, s'il avait un brin de décence et de bienveillance...

— Passez me prendre à 7 heures demain matin à mon hôtel, maugréa-t-il. Quand nous arriverons à mon bureau, je vous communiquerai mon programme de la journée. Je finis généralement assez tard.

Lex cria victoire dans son for intérieur et tourna dans la rue où se trouvait le restaurant Snell's. Tout en cherchant une place dans le parking, elle réfléchit à l'organisation matérielle. Storm, qui gardait des enfants chez un couple d'avocats, avait justement des congés. Elle pourrait accompagner les petites à l'école et aller les chercher. Ensuite, ce serait les vacances d'hiver. Cole serait probablement reparti à la mi-juillet. Après une marche arrière impeccable, elle ferma un instant les paupières. Les soucis d'argent étaient résolus pour quelque temps. *Yes.*

Il faudrait juste arrêter de fantasmer sur Cole, son corps musclé et imposant, ses mains larges, puissantes, sa bouche sensuelle...

— Merci, dit-elle en coupant le contact. Bon appétit et bonne soirée.

Il la considéra d'un air ennuyé.

— Qu'allez-vous faire en attendant ?

Dans le coffre, elle avait son ordinateur portable et ses notes de cours. La rue était éclairée et le quartier bien fréquenté. En plus, deux vigiles montaient la garde à l'entrée de Snell's. Elle serait tranquille et pouvait aussi rester à l'abri dans la voiture.

— J'ai de quoi m'occuper, répondit-elle. Je vous raccompagnerai à votre hôtel quand vous aurez terminé.

Elle faisait ce travail avec philosophie. Cela ne durerait pas éternellement. Dans deux ans, ce serait fini. Elle chercherait alors un emploi dans son domaine. Le temps passait vite. Un jour, ses petits boulots seraient de l'histoire ancienne.

— Je déteste savoir que des gens m'attendent, marmonna Cole. C'est une des raisons pour lesquelles je n'ai pas de chauffeur.

Quand il enleva sa ceinture de sécurité, Lex se prépara à sauter pour faire le tour et lui ouvrir sa portière. Il posa une main sur son bras pour l'en empêcher.

— Je veux bien que vous fassiez le chauffeur pour moi, mais pas de servilité, s'il vous plaît. Sinon, je vous congédie.

Elle réprima un sourire amusé.

— D'accord. Mais j'ai un sac à prendre dans le coffre.

— Ne bougez pas, je vous l'apporte.

Comme il pleuvait toujours, Lex obtempéra.

— Vous serez bien ? demanda-t-il avec une légère inquiétude.

À part ses sœurs, personne ne lui posait jamais ce genre de questions... Elle hocha la tête.

— Oui, Cole... Désolée, monsieur Thorpe. Allez vite vous mettre à l'abri. Je vous en prie.

Il claqua les talons en mettant le doigt sur la couture du pantalon.

— D'accord. À propos, continuez à m'appeler Cole, s'il vous plaît. Sinon, je vous licencie !

Il claqua la portière et courut vers l'entrée du restaurant. À la porte, il sortit son portefeuille et donna un billet au vigile en lui montrant la voiture.

C'était gentil. Et prévenant. Deux qualités qui l'étonnaient de la part de Cole Thorpe.

— Snell's est à la cinquantième place dans la liste des meilleurs restaurants du monde, annonça Jude.

Cole jeta un regard intéressé sur le vaste espace industriel, avec une cuisine ouverte au beau milieu de la salle. Il retrouvait avec plaisir son vieil ami Jude, qu'il avait connu à l'université de Londres. Après ses études, Jude était rentré au Cap, où il avait hérité de Fisher Holdings, un vaste empire de voyages et d'activités de loisirs.

Tout en contemplant le décor de l'ancienne fonderie, Cole se demanda combien de restaurants il connaissait sur cette liste. Vingt ? Trente ?

Il avait goûté aux sushis de maître Jiro Ono au Sukiyabashi Jiro, mangé du canard chez Noma, à Copenhague, dégusté les cinq âges du Parmigiano Reggiano de Massimo Bottura à Modène...

Étrangement, il était intimement persuadé qu'aucune saveur n'égalerait jamais les délices de la bouche de Lex. Il rêvait d'en faire un festin.

À trente-six ans, il avait bien souvent succombé au charme féminin et ne comprenait pas comment Lex s'était insinuée en lui aussi facilement. Elle envahissait toutes ses pensées. Il n'arrivait pas à la chasser de son esprit. Cela l'irritait et lui faisait un peu peur en même temps.

Il n'avait pas de temps pour les distractions et le plaisir. Pourquoi cela lui arrivait-il ici ? Maintenant ? Cette réaction était-elle due au stress de ces derniers mois, avec cette vengeance longuement ourdie qui lui échappait ? Sa déception libérait peut-être les frustrations cadenassées au fond de lui. Alors, il ne maîtrisait plus rien et devenait le jouet de ses émotions. Toutes les explications étaient les bienvenues.

Il ne se reconnaissait pas. Jamais il n'accordait autant d'importance à une femme, quelle qu'elle soit. À peine assis, il renversa la tête en arrière et avala son whisky d'un coup. Jude l'observa avec une expression sidérée.

— La journée a été rude ? s'enquit-il.

Cole enfonça le pouce et l'index dans ses orbites, à la base du nez et pressa fort.

— Pas plus que d'habitude, mentit-il.

Il était juste obsédé par une de ses employées et ne songeait qu'à la séduire… Lui qui n'avait jamais voulu de chauffeur en avait maintenant un. Ou plutôt une.

Jude appela le serveur, commanda le menu dégustation et retourna son attention sur Cole. Ils étaient devenus amis en jouant dans la même équipe de rugby à l'université, dix-sept ans plus tôt. En dépit de leurs innombrables activités, ils ne s'étaient jamais perdus de vue. Ils adoraient tous les deux le ski et se retrouvaient traditionnellement en janvier aux sports d'hiver. Étudiants, ils logeaient en auberges de jeunesse. À présent, ils descendaient dans des palaces. Après avoir dévalé les pistes noires, ils profitaient des spas et des massages.

— Tu as réussi à joindre ton frère ? demanda Jude.

Cole secoua la tête.

— Non. Il a coupé tout contact avec le monde extérieur. Il pratique le bouddhisme depuis des années et parlait depuis longtemps d'entrer dans un monastère. Mais personne ne le prenait au sérieux.

Jude se renfonça dans son siège tout en l'étudiant d'un regard pénétrant.

— Es-tu bien sûr de vouloir liquider les actifs Thorpe, Cole ? Tu vas démanteler une affaire familiale vieille d'un siècle.

La famille ne signifiait rien pour Cole. Du plus loin qu'il se souvienne, son père l'avait toujours ignoré. Sans qu'il comprenne pourquoi, seul Sam semblait compter aux yeux de Grenville. Ses parents avaient divorcé quand il avait quatre ans et il avait passé son enfance à se demander ce qui n'allait pas chez lui. Il ne voyait jamais son père, alors que Sam venait régulièrement chez leur mère.

Interrogée, cette dernière restait évasive. C'était ainsi, voilà tout. Une fois que son père avait pris une décision, rien ne pouvait le faire changer d'avis. Lorsque Cole en avait finalement pris son parti, il s'était juré de rivaliser avec la fortune paternelle. Il y arriverait seul, sans l'aide de personne. Mais cela ne suffisait pas. Il voulait aussi capter son attention. Pour cela, quel meilleur moyen que de prendre le contrôle de son empire ?

Malheureusement, la vengeance lui avait échappé. Par deux fois, puisque Sam, en lui offrant l'entreprise sur un plateau, rendait ses efforts vains et dérisoires.

Cole réprima un soupir de frustration. Jusqu'à la mort de Grenville, il avait poursuivi un but clairement défini : obliger son père et son frère non seulement à reconnaître son existence, mais à négocier avec lui autour d'une table parce qu'il aurait leur avenir financier entre ses mains. Il aurait forcé leur respect.

Ils lui avaient tous deux dérobé cette opportunité, l'un en mourant subitement, l'autre en se retirant du monde. Maintenant, il avait l'impression de dériver sans but, au gré du courant, sans gouvernail.

— J'ai examiné toutes tes possessions hôtelières en Afrique du Sud, reprit Jude. Je rachète tous les biens immobiliers, sauf le chalet de sports d'hiver.

— Pourquoi tu n'en veux pas ?

— Premièrement, peu de gens viennent skier en Afrique. Certes, il est en montagne, et en altitude, mais la neige n'est jamais garantie.

— Ils n'ont pas de canons à neige ?

Il mourait de faim. Dieu merci, le serveur arriva avec leurs assiettes.

— Si. D'après les photos, l'endroit est magnifique. Ton père a dépensé une fortune pour le rénover. Donc, les prix de séjour ont considérablement augmenté, jusqu'à atteindre des sommes astronomiques. Les Sud-Africains qui sont prêts à dépenser autant préfèrent aller à Gstaad ou à Aspen, où les infrastructures sont bien meilleures. Franchement, je ne comprends pas pourquoi ton père tenait tant à ce chalet.

Cole fronça les sourcils. Effectivement, cet intérêt de Grenville pour un établissement d'une dizaine de chambres dans un coin perdu semblait étrange.

Sans qu'il comprenne pourquoi, cela piqua sa curiosité.

Il était 23 h 30 quand Cole tapa sur la vitre de la Land Rover. Abandonnant sa lecture, Lex déverrouilla les portières et Cole s'engouffra à l'intérieur. La pluie redoublait. Il était en Afrique, il faisait un temps exécrable et la météo prévoyait une aggravation.

Fantastique.

Il posa une boîte en carton sur le tableau de bord et passa la main dans ses cheveux mouillés. Lex mit la soufflerie en route pour le sécher.

— Merci.

— C'était bon ? demanda-t-elle en refermant son manuel.

Le livre traitait de l'évolution des neurosciences. Elle le rangea avec ses notes et son vieil ordinateur portable dans une sacoche qu'elle plaça sur la banquette arrière. Elle avait rassemblé ses cheveux en chignon. Cole retira un crayon qu'elle avait sur l'oreille et le lui tendit.

— Merci, dit-elle en rougissant. Je vous ramène à l'hôtel ?

— Tout à l'heure, oui.

Il souleva le couvercle de la boîte.

— Qu'est-ce que c'est ? demanda-t-elle.

— En étant passée me prendre à 18 heures, vous n'avez probablement rien mangé.

Il sortit des baguettes de sa poche.

— Tenez. Peter Snell a préparé une petite sélection du menu dégustation.

Elle en resta bouche bée.

— C'est un chef étoilé, observa-t-elle.

— Et donc ?

— Vous avez osé lui demander cela ?

Il haussa les épaules avec désinvolture et dissimula un sourire quand elle mordit avec appétit dans un beignet de poisson.

Elle le dégusta en fermant les paupières.

— Je n'arrive pas à mettre un nom sur les saveurs de la farce.

— Yuzu et champignons Enoki.

Il pointa le doigt sur les autres plats.

— Du veau aux artichauts de Jérusalem, des coquilles Saint-Jacques au curry et une mousse au chocolat pimentée, parfumée à l'orange.

— Miam.

Elle avala une deuxième bouchée, puis reposa ses baguettes.

— Désolée, je me régalerai plus tard. Je vais d'abord vous raccompagner.

— Mangez, Lex. Je ne suis pas pressé de rentrer. Mes dossiers attendront un peu.

— Vous n'allez pas travailler à cette heure-ci ?

Il recula son siège pour allonger ses jambes.

— Rappelez-moi ce que vous étiez en train de faire il y a quelques minutes ?

— J'ai un devoir à rendre, et je suis en retard... Je n'ai jamais rien goûté d'aussi bon.

Cette jeune femme l'étonnait, surtout pour son honnêteté et sa franchise. Elle lui avait avoué sans gêne son besoin de travailler pour gagner de l'argent. Il admirait sa spontanéité. Elle ne se souciait absolument pas du jugement d'autrui.

Il avait presque honte de s'être montré aussi désinvolte et égoïste. Il pensait d'abord à lui, pas aux autres.

À l'avenir, il tâcherait de s'améliorer.

Tout de même, en acceptant de se faire conduire par elle, il s'exposait à un vrai supplice. Confiné dans un petit espace avec son parfum et le son de sa voix pour le rappeler constamment à la tentation, il aurait bien du mal à résister.

Malgré tout, il se sentait mieux ici en sa compagnie plutôt que dans sa chambre d'hôtel à lire son courrier.

— Vous étudiez quoi ? demanda-t-il.

— La psychologie médico-légale.

— Pourquoi ?

Elle l'intriguait. À son âge, pourquoi n'avait-elle pas encore terminé ses études ? Où étaient ses parents ? Pourquoi avait-elle la charge de ses sœurs ?

Elle mâchait avec ravissement. Affichait-elle la même expression quand elle jouissait ? Il refoula fermement l'image de son corps nu sur un drap froissé.

Il était son patron et s'interdisait rigoureusement pareil scénario.

— Alors ? Pourquoi avez-vous choisi cette discipline ?

Elle réfléchit un instant.

— Au départ, je voulais étudier la psychologie pour essayer de comprendre le comportement insensé de certaines personnes de mon entourage. Peu à peu, j'ai compris que mon existence n'y suffirait pas. Je me suis tournée vers le médico-légal parce que les criminels me fascinent.

— Il y en a dans votre famille ? plaisanta-t-il

— Pas à ma connaissance. Même si certaines personnes agissent de manière très répréhensible.

Elle s'attaqua au dessert.

— Qu'en pensez-vous ?

— Pas transcendant.

Elle le taquinait, mais il ne s'en rendit pas compte tout de suite et posa une main sur sa nuque.

— C'est probablement le meilleur dessert de votre vie.

À peine les mots avaient-ils franchi ses lèvres qu'il les regretta. C'était horriblement sentencieux. Il avait l'air de lui donner une leçon, en soulignant de plus leurs différences de standing.

— Vous avez tout à fait raison, répliqua Lex en haussant les épaules. Merci pour ce repas fabuleux.

Il l'avait vexée stupidement et s'en mordait les doigts, mais trop tard.

Bravo.

— Bien. Je vous raccompagne, maintenant.

Elle mit le contact et démarra.

Quand ils arrivèrent à l'hôtel, il dut faire appel à toute la force de sa volonté pour ne pas lui demander de monter.

5

Cole était épuisé. Sa jolie conductrice rousse lui donnait des insomnies. En outre, après une semaine à éplucher des bilans financiers, son cerveau saturait. Sans compter qu'il était surmené depuis des mois. Il avait besoin de lever le pied un jour ou deux.

Un week-end de repos complet lui ferait le plus grand bien et lui permettrait de recharger ses batteries. La veille, Lex avait demandé une demi-journée de congé qu'il lui avait volontiers accordée. Ce matin, c'était donc lui qui conduisait.

Il gara la Land Rover dans le parking souterrain, à sa place désignée. Le parfum de Lex imprégnait l'intérieur de la voiture. Une fois de plus, des images torrides l'envahirent. L'éclat de ses beaux yeux verts l'obsédait.

Pourquoi ne parvenait-il pas à oublier un baiser qui n'avait jamais eu lieu ?

Il avait vraiment besoin de se détendre.

Il prit son ordinateur et claqua la portière en révisant mentalement son programme. Il avait des réunions en visio toute la matinée, mais plus rien à partir de midi. Sa secrétaire devait lui réserver un safari de deux jours et il s'interrogeait. Proposerait-il à Lex de l'accompagner ?

Non, bien évidemment, pour toutes les raisons qu'il s'évertuait à se répéter.

Un moteur pétaradant fit irruption dans ses réflexions. Une vieille guimbarde jaune arrivait poussivement. Derrière le pare-brise fissuré dans un coin, il reconnut Lex. Une jeune femme blonde était assise à l'avant à côté d'elle, et une deuxième à l'arrière avec deux enfants, dont l'une était aussi rousse que Lex.

C'étaient ses sœurs ? *Toutes* ?

Debout devant l'ascenseur, à moitié dissimulé par un pilier, Cole observa discrètement la scène. Lex coupa le moteur et la blonde, en tailleur noir, mit pied à terre.

— Au revoir, Addi ! s'écrièrent les petites filles en se jetant à son cou.

C'était donc Addison Fields, la cheffe du comité d'entreprise.

— Je vais les emmener tout de suite à l'aéroport avec Storm ! lança Lex à Addi. C'est un peu tôt, mais ce serait bête de repasser à la maison pour un quart d'heure.

— On va à la plage, on va à la plage ! criaient les petites joyeusement à tue-tête.

Cole, qui frissonnait dans le vent glacial, ne comprenait pas leur enthousiasme. Où partaient-elles ? Loin du Cap, certainement, où sévissait un climat épouvantable en cette saison.

Les enfants remontèrent en voiture tandis que les trois plus âgées continuaient à parler. Lex rayonnait.

— Vous vous rendez compte, cela fait cinq ans que je n'ai pas eu de vacances !

— Tu les mérites bien et tu vas en profiter, j'espère, répondit Addi. C'est beaucoup moins lourd pour moi qui travaille à l'extérieur toute la journée.

Cole se souvint des propos de sa mère, qui répétait

toujours que les enfants coûtaient cher et vous volaient votre temps et votre liberté. Il avait toujours eu l'impression d'être un poids.

— Que vas-tu faire de ton temps ? demanda Storm.

Vivre une aventure avec moi, songea Cole aussitôt.

— J'adorerais partir pour un long road trip. Mais je dois conduire Cole Thorpe à droite et à gauche. C'est trop lucratif pour que je m'autorise des congés en ce moment. En plus, ma voiture a besoin d'une révision et le prix de l'essence a encore augmenté. Je vais juste rattraper mon sommeil en retard, étudier et regarder des séries.

— On pourrait aller à Lamberts Bay pour une journée, suggéra Addi.

— Pourquoi pas ?

Mais ce n'était pas l'évasion qu'elle avait en tête. Elle avait envie de nature sauvage, de grands espaces et d'horizons lointains.

— Désolée d'avoir laissé ma voiture aujourd'hui chez le garagiste. Si j'avais su que les filles partaient à Durban...

Lex haussa les épaules.

— Tu ne pouvais pas deviner. C'est une décision de dernière minute.

Addison jeta un coup d'œil circonspect sur le véhicule cabossé.

— Je n'aime pas te savoir sur l'autoroute avec ce tacot.

Lex plissa le nez.

— Moi non plus. Surtout par ce temps-là. Il faudrait changer les pneus.

Elle hésita avant de poursuivre.

— En fait, nous devrions prendre un taxi. Ce serait plus prudent.

— Je le payerai, offrit Storm.

Addison secoua la tête.

— Non, chérie, tu as déjà pris les billets d'avion et ces trois semaines vont te coûter cher. Il reste un peu d'argent sur le budget de la semaine.

Lex acquiesça.

— D'accord. Dans ce cas, je me gare et j'appelle un taxi.

C'était ridicule, songea Cole. Il y avait là une Land Rover avec un réservoir plein. Il s'avança résolument.

— Bonjour, Lex.

Elle rougit violemment.

— Euh... Bonjour.

Il tendit la main à Addi.

— Addison Fields, je présume ? Cole Thorpe.

Elle le salua, un peu intimidée.

— Enchantée.

Il montra les deux petites filles qui le regardaient avec des yeux ronds.

— Vos sœurs ? demanda-t-il à Lex.

— Oui, Nixi et Snow. Et voici Storm.

Elles étaient toutes très différentes, sauf une qui se rapprochait de Lex, avec une chevelure flamboyante, un teint d'albâtre et des jambes interminables. Si Lex avait un jour une fille, elle avait des chances de lui ressembler.

Addison se mordit la lèvre d'un air gêné.

— Je suis un peu en retard, monsieur Thorpe, mais j'en ai pour une minute, juste le temps de régler un petit problème.

En d'autres termes, elle le congédiait. Mais personne ne lui disait ce qu'il avait à faire.

Il s'adressa directement à Lex.

— Ce n'est pas la peine d'appeler un taxi.

Comprenant qu'il avait écouté leur conversation, elle leva un sourcil réprobateur. Il haussa les épaules.

— Les voix portent, dans ce genre d'endroits. Prenez

la voiture de la société pour accompagner vos sœurs à l'aéroport, Lex. Les routes sont très glissantes avec la pluie. Vous serez plus en sécurité.

Lex plissa le nez et pinça les lèvres. Avant qu'elle refuse, Addi s'interposa.

— Merci beaucoup, monsieur Thorpe. Nous rembourserons les frais d'essence.

— Ce ne sera pas nécessaire. Cela me fait plaisir de vous rendre service.

Il marqua une pause.

— À propos, si vous avez quelques instants, j'aimerais m'entretenir avec vous de vos perspectives chez Thorpe Industries.

Une vive appréhension se peignit sur le visage des trois jeunes femmes. Aussitôt, il prit conscience de la précarité de leur existence.

— Dans une demi-heure ? proposa-t-il à Addison tout en tendant à Lex les clés de la Land Rover. Soyez prudente. Les conditions de circulation sont vraiment difficiles.

— Oui, je sais. Merci encore pour votre gentillesse.

Les portes de l'ascenseur s'ouvrirent à ce moment-là. Il en profita pour s'éclipser.

— Au revoir, mesdames. À tout à l'heure dans mon bureau, Addison. Lex, je voudrais aussi vous voir à votre retour.

— Moi ? Pourquoi ?

Il voulait juste s'assurer qu'elle était rentrée sans encombre... Sans répondre, il appuya sur le bouton du dernier étage. Il avait deux heures devant lui pour inventer une justification. Il trouverait bien un motif valable.

En dehors des raisons inavouables, évidemment. Impossible d'admettre qu'il voulait passer le week-end avec elle, de préférence au lit... Il se contenterait même de sa compagnie souriante, en tout bien tout honneur, sur le mode platonique.

Hum. Un sentiment était-il en train de naître en lui ? Cela expliquerait le trouble intense qui l'agitait. Dans ce cas, il fallait tout arrêter séance tenante. Il était parfaitement capable de réprimer ses émotions pour les enfouir derrière les remparts qu'il avait élevés pour se protéger.

Il l'avait déjà fait très souvent. Il le referait.

L'entretien avec Addison s'était bien déroulé. Il l'avait rassurée sur son sort. Jude la garderait au nombre des employés lorsqu'il reprendrait la direction de l'entreprise. À présent, une horrible migraine menaçait. Il avait besoin d'un café. Sa secrétaire virtuelle n'offrant malheureusement pas ce genre de services, il lui faudrait chercher un distributeur dans les étages.

Cole se renfonça contre le dossier de son siège en cuir. À l'horizon, il tenta de deviner le profil de Lion's Head, le pic rocheux qui dominait la ville du Cap. Malheureusement, la pluie obscurcissait le paysage. On annonçait encore une vague de mauvais temps.

Il n'était pas près de voir le soleil africain.

Il repensa à l'entrevue avec Addison. Après avoir exprimé ses condoléances, elle lui avait raconté dans quelles circonstances Grenville l'avait engagée. Elle venait d'achever ses études supérieures. Il lui avait tout appris.

Elle n'était pas la première à qui il avait servi de mentor. Il y avait aussi une jeune Indienne, à Calcutta, et d'autres recrues aux États-Unis. Tous ses protégés s'accordaient pour chanter ses louanges.

Cole en souffrait. Son père, qui n'avait jamais daigné le gratifier d'un regard, avait fait confiance à des inconnus dont il devinait le potentiel. Grenville savait-il que son fils avait obtenu sa licence avec la mention Très Bien à la *London School of Economics* ? Et soutenu une thèse avec les félicitations du jury ? Il était le plus jeune gestionnaire de patrimoine employé par Hershel et Grimm, l'une des meilleures et plus anciennes banques mondiales. Il avait ensuite créé son propre fonds d'investissement, était devenu millionnaire à trente ans, et milliardaire quelques années plus tard.

Malgré ce parcours d'exception, il n'avait pas réussi à capter l'attention de son père.

Pourquoi ? Qu'avait-il fait de mal ? Le plus douloureux était de ne pas savoir. Mais ce rejet incompréhensible l'avait rendu dur, résilient et déterminé à prouver sa valeur à son père. Si Grenville avait vécu, il aurait été obligé de reconnaître d'égal à égal l'extraordinaire réussite de son fils.

Cole se sentait floué comme un enfant à qui on aurait volé ses cadeaux le soir de Noël. À défaut d'amour, il aurait tellement souhaité gagner le respect et l'approbation paternels ! De toute manière, il y avait belle lurette qu'il ne croyait plus à l'amour. Quelle stupidité ! Les sentiments n'apportaient que du chagrin et de la souffrance. Il valait mieux se résoudre à vivre en solitaire, loin du tumulte des émotions.

Son regard tomba sur le dossier du chalet Rossdale, dont il se saisit avec irritation. Il se sentait nerveux, incapable de se concentrer.

Ce n'était pas nouveau. La mort de son père et la disparition de Sam l'avaient désorienté.

Concentre-toi, Thorpe.

Qu'allait-il faire du chalet Rossdale, que Jude ne voulait pas racheter, et dont la rénovation avait coûté si cher ?

La clientèle le boudait depuis sa réouverture dix-huit

mois plus tôt, ce qui était tout à fait logique au vu des tarifs. Le couple qui gérait l'établissement touchait en outre un salaire très élevé, pas du tout justifié pour les maigres résultats.

Il fallait se rendre sur place pour se former un jugement, et comprendre pourquoi son père tenait tant à cette propriété. Un bilan comptable et une simple description ne lui fourniraient pas ce genre d'information. Cole déplia une carte et fit la grimace. L'endroit se trouvait à une douzaine d'heures de route.

Ce serait plus rapide de prendre l'avion et de terminer en hélicoptère.

Il décrocha son téléphone pour appeler la réception. Il devait bien y avoir quelqu'un dans cet immeuble capable de lui monter un café. On frappa à sa porte à ce moment précis et une tête rousse apparut dans l'entrebâillement.

Il fit signe à Lex d'entrer. Par miracle, elle apportait un plateau avec deux cafés et un sachet de papier brun. Il s'empara promptement d'un gobelet et but une grande gorgée. Le café était exactement comme il l'aimait, noir, fort, sans sucre.

— J'ai visé juste ! commenta Lex en s'asseyant avec un sourire.

— Oui, merci. J'en avais vraiment besoin.

— Moi aussi ! Donc, j'ai pensé à vous.

Il lui lança un regard plein de gratitude, puis indiqua le sachet en papier.

— Et cela ?

Une petite attention pour vous remercier de m'avoir prêté la Land Rover. Cela vient d'une boulangerie de quartier qui confectionne des croissants au chocolat absolument divins.

Cole en prit un avec gourmandise. Il avait couru dix

kilomètres sur le tapis, à la salle de sport de l'hôtel, et soulevé de la fonte pendant une demi-heure. Il méritait une récompense.

Tout en mangeant, il ne quittait pas Lex des yeux. Elle ôta son écharpe et sa veste en cuir. Aujourd'hui, elle portait un T-shirt vert menthe sur son jean, et des bottes qui montaient jusqu'au genou.

— Vos sœurs sont bien parties ?

— Oui. Snow a pleuré un peu, mais cela allait déjà mieux quand je l'ai quittée.

Cole se leva, fit le tour de son bureau et s'assit au bord, en face de Lex. Cédant à la tentation, il effleura sa joue avec son pouce.

— Pourquoi vivent-elles avec vous ? Où est leur mère ?

Une ombre de tristesse voila ses incroyables yeux verts.

— En Thaïlande. Elle vit là-bas depuis notre adolescence. Elle nous a amené les petites il y a cinq ans. Nixi avait trois ans, Snow deux.

Aucune rancœur ni aucun ressentiment ne perçaient dans sa voix... Elle était toute jeune quand elle était devenue chargée de famille. Cole se massa la nuque. Comment pouvait-elle être aussi nonchalante et résignée, comme si la situation était normale ?

— Et leur père ? Le vôtre ? Les pères, peut-être ?

Lex haussa une épaule avec une expression désabusée.

— Maman a une attitude très relâchée envers le sexe, et manifestement la contraception. Elle a aussi une fâcheuse tendance à oublier le nom de ses amants.

Elle hésita avant de continuer.

— Le nom du père d'Addi figure sur son acte de naissance, et elle a épousé le papa de Storm. Quant à mon père, c'était probablement un dénommé Seamus, mais elle n'en est pas absolument certaine.

— J'ai du mal à imaginer la situation. Vous n'êtes pas en colère ? Frustrée ? Amère ?

— Parce que j'ignore qui est mon père ou parce que je dois élever mes sœurs ?

— Les deux.

— À quoi bon ? Je ne peux pas en vouloir à mon géniteur qui ignore tout de mon existence et n'en saura jamais rien. C'était une rencontre d'un soir, entre deux personnes sous l'empire de l'alcool, et probablement de la drogue...

« Quant à mes demi-sœurs, la colère n'arrangerait rien, bien au contraire. Elles étaient complètement perdues et déracinées quand elles sont arrivées au Cap. Cela les aurait achevées de se sentir indésirables.

Les parents de Cole, malgré tout leur argent, ne lui avaient pas donné une once d'amour et d'affection. Lex et Addi ne roulaient pas sur l'or, mais témoignaient d'une immense générosité de cœur. Il manquait de mots pour exprimer son admiration et son respect.

En revanche, un baiser serait plus éloquent...

Et donc, il l'embrassa.

Le goût de sa bouche le transporta. Ce fut comme une révélation. Elle avait des lèvres divinement douces. Il n'avait plus qu'une envie, la serrer dans ses bras et explorer sa peau satinée. Oubliant où il était, qui il était, il se redressa et l'attira tout contre lui, puis la poussa le dos contre le mur.

Lex soupira et posa le bout des doigts sur la barbe râpeuse de sa mâchoire.

Il glissa une jambe entre ses cuisses en l'agrippant par les hanches. Puis, avide de sentir la tiédeur de son corps, il souleva le bord de son T-shirt.

Lex l'enlaça par le cou et lui rendit son baiser, passionnément.

Tout naturellement, il la souleva dans ses bras et elle noua les jambes autour de ses reins, comme dans ses fantasmes les plus débridés. Elle se mit à bouger contre son ventre en poussant des gémissements inarticulés, puis glissa les mains sous sa chemise. Il frissonna au contact de ses doigts dans son dos, sur sa colonne vertébrale. Il avait envie de la découvrir tout entière, de tout connaître d'elle. Il caressa une pointe de sein. Était-elle aussi rose que sa bouche ? Comment réagirait-elle s'il la capturait entre ses lèvres ?

Pourquoi étaient-ils dans son bureau, et pas dans sa chambre d'hôtel ?

Il aurait souhaité plus d'intimité. Le décor impersonnel ne convenait guère aux effusions. En plus, on risquait de les interrompre à tout moment.

Malgré une frustration intense, il s'écarta et ramena Lex vers sa chaise, où elle s'effondra avec un long soupir.

Il reprit sa position, en appui contre le bord du bureau, et étendit les jambes devant lui.

— Encore une aberration ? lança-t-elle avec l'ironie mordante qui la caractérisait.

Il regrettait d'avoir employé ce mot. Mal à l'aise, il passa la main dans ses cheveux.

— Mon comportement est... déplacé, Lex. Comme l'autre jour. Je suis votre *patron*. D'ordinaire, j'ai des principes rigoureux et intransigeants. Vous me faites perdre la tête.

— Si cela peut vous consoler, je n'ai pas non plus l'habitude de me conduire aussi légèrement. D'autant que cela pourrait me porter tort. J'ai besoin de mon salaire, surtout en ce moment. Car si vous vendez l'entreprise, je ne suis pas certaine de conserver mon emploi.

Il comprenait parfaitement cet argument et ne pouvait

rien lui promettre pour l'avenir. Il pouvait toutefois la rassurer sur le sort d'Addi.

— Comme je l'ai dit à votre sœur, Jude Fisher rachètera l'entreprise selon mes conditions, c'est-à-dire qu'il sera tenu de garder Addison.

Elle lui jeta un regard éperdu de reconnaissance.

— Merci, Cole. C'est... vraiment très gentil à vous.

Il faudrait convaincre Jude, mais la négociation ne s'annonçait pas très difficile.

Cole aurait sincèrement aimé faire quelque chose pour Lex. Elle n'accepterait jamais un chèque... Une idée germa tout à coup dans son esprit. Si elle le conduisait à Rhodes, où se trouvait le fameux chalet, elle gagnerait le pactole et satisferait en même temps son envie de road trip.

Il se redressa tout en réfléchissant. Au lieu de se rendre à Rhodes en avion comme prévu, il pouvait parfaitement s'octroyer quelques jours de congé et y aller en voiture. Cela lui ferait le plus grand bien. Son rythme de vie effréné l'épuisait, ce voyage était exactement ce qu'il lui fallait.

Un picotement courut sur sa nuque et son sang bouillonna dans ses veines. Cela faisait bien longtemps qu'il n'avait pas ressenti une telle effervescence.

Lex finissait de dévorer son croissant avec appétit. Il retourna s'asseoir et s'accouda à son bureau.

— Je dois aller à Rhodes, dans la province du Cap-Oriental. Il faut compter deux jours de voyage, n'est-ce pas ?

Lex ne manifesta aucune surprise, pas plus que quand il l'avait embrassée.

— Par la route, oui. C'est une longue distance, qui nécessite une étape.

— Quel endroit suggéreriez-vous ?

— Colesberg, répliqua-t-elle d'un ton perplexe. L'avion serait infiniment préférable.

— Les petites compagnies ne m'inspirent aucune confiance et la piste d'atterrissage de l'aéroport de Rhodes est trop courte pour mon jet privé, mentit-il.

À quoi pensait-il ? Ce projet insensé devenait brusquement une idée fixe. Il avait furieusement envie d'arracher Lex à la vie ordinaire. Certes, c'était loin d'être des vacances au bord de la Méditerranée, mais cela la sortirait des soucis et des préoccupations du quotidien.

Malgré tout, de longues heures confinés ensemble les exposaient très imprudemment à la tentation.

Si cela devenait intolérable, il louerait un hélicoptère pour terminer seul le voyage.

Ou alors ils succomberaient, ce qui n'était pas invraisemblable. La moindre étincelle mettrait le feu aux poudres. Si cela arrivait, il saurait faire la part des choses et refermer la parenthèse. Mais Lex avait peut-être trop conscience de sa condition d'employée pour s'autoriser un écart de conduite.

Étrangement, il la désirait plus qu'il n'avait jamais désiré aucune autre femme. Il rêvait d'explorer longuement son corps avant de la posséder. Surtout, il voulait lui offrir un moment privilégié, hors du temps, où elle se sentirait libérée de ses responsabilités.

Ce n'était pas désintéressé, il n'avait pas d'illusion là-dessus et ne prétendait pas être un saint. Il avait lui aussi un immense besoin de calme, de silence et de lenteur après tous les événements qui étaient survenus.

Accepterait-elle sa folle proposition ?

Non. Peut-être... Il suffisait de demander pour savoir.

— Vous vouliez me voir à quel sujet ? lança-t-elle fort à propos. L'expérience de ce matin vous a peut-être suffi ? La circulation au Cap est infernale, vous avez pu vous en rendre compte. Comme la ville est coincée entre les montagnes et la mer, elle s'étend sur des kilomètres.

Cole avait conduit dans des endroits infiniment plus périlleux, comme Manille, Bombay ou Séoul. Mais il ne la détrompa pas. La fin justifiait les moyens.

— Vous avez besoin de mes services ce week-end ?

Elle s'empourpra avant de poursuivre.

— Le tarif est multiplié par trois le samedi et le dimanche.

— C'est noté, répliqua-t-il simplement.

Son téléphone vibra. C'était un SMS de Petra, la nouvelle secrétaire intérimaire.

Je vous ai réservé deux nuits au parc animalier Aquila. Vous êtes attendu cet après-midi.

Zut. Il rappela aussitôt Petra et mit le haut-parleur.

Elle répondit immédiatement.

— Le parc Aquila organise les meilleurs safaris d'Afrique du Sud, monsieur Thorpe. Vous serez content, je pense. Vous avez une suite...

— Annulez la réservation, s'il vous plaît.

Il y eut un silence. Il eut conscience d'agir comme un milliardaire capricieux.

— Je suis désolé. Un changement de dernière minute.

— D'accord. Mais vos bagages sont prêts et votre voiture de location vous attend devant l'hôtel.

— Bien. Réservez deux chambres à Colesberg pour ce soir et les deux meilleures suites du chalet Rossdale pour samedi et dimanche.

Lex écarquillait des yeux stupéfaits.

Elle pouvait encore dire non. Si elle venait, l'incroyable attirance qu'ils ressentaient l'un pour l'autre les mettrait à rude épreuve, mais il était prêt à courir le risque.

Et elle ?

6

— Je veux aller en voiture à Rhodes, dans la province du Cap-Oriental. Vous venez avec moi ?

Lex cilla des paupières. Elle n'était pas sûre d'avoir bien entendu. Voulait-il vraiment traverser la moitié du pays ? Pourquoi ? Et qu'attendait-il d'elle *exactement* ? S'il se fondait sur leur attirance mutuelle pour préjuger d'une aventure torride le temps du voyage, il se trompait.

Cela faisait cinq ans qu'elle n'avait pas couché avec un homme. L'arrivée de ses sœurs avait bouleversé sa vie amoureuse et bridé sa libido.

Il pinça les lèvres.

— Je vous offre un job, Lex. Il faut douze heures de voiture pour se rendre à Rhodes. J'en passerai un certain nombre à travailler. Vous serez payée le double du tarif habituel, et déchargée de tous les frais supplémentaires.

Bien, d'accord. Mais après leur baiser fou, rien n'était plus si simple.

— Je ne suis pas naïve, Cole. Ce serait hypocrite de faire comme s'il ne s'était rien passé entre nous.

— Votre franchise me plaît.

— Ce n'est pas la peine de se voiler la face.

Après tous les mensonges de sa mère, Lex avait définitivement opté pour le franc-parler.

— Je dois visiter un chalet que j'ai hérité de mon père, expliqua Cole d'une voix neutre. La route est longue jusque là-bas et vous êtes la conductrice attitrée de Thorpe… En même temps, je dois vous avouer que vous occupez toutes mes pensées. Je n'arrive pas à vous chasser de mon esprit. Je suis choqué par la violence de cette attirance tout à fait… imprévisible.

Voilà. C'était la vérité toute nue.

Imprévisible… Lex aurait utilisé d'autres adjectifs. Bouleversante, par exemple, ou incroyable. Elle ouvrit la bouche, mais Cole la devança.

— Je n'aurais jamais dû vous embrasser, c'est évident. Mais on ne peut rien y changer. D'ailleurs, vous en aviez autant envie que moi. Je ne vous cache pas que je recommencerais avec plaisir. Il existe entre nous une puissante alchimie que je ne m'explique pas. Néanmoins, je suis adulte, parfaitement maître de mes hormones et de mon self-control. Si vous me dites non, je n'insisterai pas.

Il mit les mains en avant tout en continuant à parler.

— Quoi qu'il arrive, cela n'affectera en rien votre emploi chez Thorpe Industries. Si vous m'accompagnez, il y a de grandes chances pour que nous couchions ensemble, oui… Cependant, cela n'arrivera que si vous le décidez. Je vous promets de n'exercer aucune pression et vous n'avez pas besoin de vous exprimer maintenant là-dessus.

— Vraiment ?

Il fronça les sourcils.

— Naturellement. Si vous préférez garder vos distances, nous serons simplement amis. Tant mieux s'il se passe quelque chose. Dans le cas contraire, je vous laisserai en paix sans réclamer d'explications. La situation est entre vos mains, Lex.

Cole se massa la nuque, comme s'il hésitait dans le choix des mots.

— Je vous demande juste de venir avec moi. Oubliez la routine du quotidien et partons à l'aventure, vous et moi sur la route, avec le ciel pour seul horizon.

Énoncée ainsi, la perspective avait de quoi tenter...

Lex prit un instant de réflexion, se leva et alla se poster devant la fenêtre. Elle n'était pas dupe et savait parfaitement que tout finirait probablement dans les bras et le lit de Cole. Il serait le premier à lui faire rompre une longue abstinence de cinq ans, et probablement le dernier avant longtemps. Elle ne retrouverait pas de sitôt un homme qui l'attirait autant. Ceux qu'elle rencontrait étaient généralement mariés. S'ils avaient divorcé, ils avaient des enfants à gérer avec leurs ex-femmes... Cole possédait de nombreux atouts. En plus d'être séduisant et célibataire, il avait envie d'elle et le clamait haut et fort.

D'ailleurs, il lui laissait la liberté du choix et se conduirait en gentleman en cas de refus. Étrangement, elle avait confiance en lui, ce qui était rarissime.

Elle n'avait même pas à se décider tout de suite. Il lui offrait en prime le road trip dont elle rêvait, avec une occasion inespérée de quitter Le Cap et d'oublier momentanément ses responsabilités.

Les filles étaient parties, elle n'avait plus de devoirs à rendre ni d'examens en vue, son élève en cours particulier était en vacances et Addi adorerait avoir un peu la maison pour elle seule.

Lex n'avait aucune raison de refuser, sauf une peur diffuse. À côtoyer Cole de trop près, elle risquait de se brûler les ailes...

Elle jeta un coup d'œil par-dessus son épaule. Penché sur l'écran de son ordinateur, il ne cherchait même pas à l'influencer. Parmi les points positifs, elle ne pouvait pas ignorer l'aspect pécuniaire. Elle gagnerait davantage en quelques jours qu'en six semaines de travail normal. Ce n'était pas à négliger.

Une vague arrière-pensée lui traversa l'esprit. Cole entreprenait-il ce voyage exprès pour elle ? Non, c'était probablement juste une coïncidence... Elle aimait conduire et il avait besoin d'un chauffeur parce qu'il avait peur des petits avions. Ce détail paraissait pourtant peu vraisemblable. Mais après tout, c'était possible. Elle ne le connaissait pas vraiment.

Ils ne pouvaient pas être plus différents, tous les deux. Milliardaire, il vivait à Londres, possédait des propriétés et des entreprises dans le monde entier et fréquentait des politiciens et des célébrités parmi les riches et les puissants. À l'inverse, Lex était sans le sou à vingt-huit ans, et essayait tant bien que mal d'offrir à ses sœurs l'enfance stable et sereine qu'elle n'avait pas eue, tout en poursuivant cahin-caha des études supérieures. Pourquoi étaient-ils autant attirés l'un par l'autre ?

Cela n'avait pas de sens.

Mais Cole était très viril et séduisant. Malgré son look excentrique et ses taches de rousseur, Lex lui plaisait manifestement beaucoup. Il semblait donc naturel de vouloir passer quelques jours avec lui.

Néanmoins, ce n'était pas sans danger. Il lui inspirait un tel sentiment de sécurité qu'elle craignait d'y prendre goût. Or, d'habitude, c'était elle qui jouait ce rôle protecteur auprès des autres.

Lex se mordit la lèvre en passant une main dans ses cheveux emmêlés. Tout arrivait de manière si inattendue !

Elle s'était complètement adaptée à sa vie solitaire au sein d'un univers exclusivement féminin. Joelle passait d'un homme à l'autre et enchaînait les situations sans aucune logique. Pour se protéger, Lex avait appris à rester immobile, à l'écart. Par peur du rejet et de l'abandon, elle hésitait à nouer des relations.

Cole lui faisait miroiter des perspectives nouvelles en l'incitant à sortir de sa bulle. Ses yeux se dessillaient, ses poings crispés se desserraient, ses ailes se déployaient... Pouvait-elle se laisser aller ?

— Tout ira bien, Lex. Je vous le promets.

Une expression chaleureuse, presque tendre, se peignit sur ses traits.

— Alors, qu'en dites-vous ?

— D'accord.

Elle venait d'accepter à demi-mot la possibilité d'une aventure avec son patron milliardaire. Pourvu que ce ne soit pas une folle imprudence...

Après des heures interminables à rouler sur une piste en terre, ils arrivèrent enfin à Rhodes, une petite bourgade composée de jolis cottages victoriens. Il n'était que 16 heures, mais le crépuscule tombait déjà. L'ombre de la montagne et les gros nuages noirs qui s'amoncelaient dans le ciel précipitaient l'arrivée de la nuit.

Ils avaient quitté Le Cap la veille et avaient mis un temps fou à sortir de la ville. Après s'être relayés au volant, ils avaient atteint Colesberg après 23 heures. Aussi épuisés l'un que l'autre par la longue route sous la pluie, ils s'étaient souhaité bonne nuit en se retirant chacun dans sa chambre.

Lex avait une conscience aiguë de la présence de Cole à

côté d'elle, sur le siège du passager. Elle percevait chaque geste, chaque respiration. Elle glissa un regard dans sa direction. Son téléphone portable dans une main, il avait l'autre sur sa cuisse, tout près.

Feraient-ils l'amour ce soir ?

Elle l'espérait.

Ils avaient peu de temps à passer ensemble. Son parti était pris. Elle avait envie d'en profiter au maximum.

Dans la rue principale, les voitures étaient garées pare-chocs contre pare-chocs. Au bout, un orchestre jouait sur une estrade et des gens dansaient. Tout le monde était habillé chaudement, avec des bonnets de laine et des anoraks.

Lex freina pour s'arrêter à un passage pour piétons. Un couple âgé traversa, puis revint vers eux. Elle baissa la vitre.

— Bonjour ! lança-t-elle avec un sourire.

L'air était glacial.

— Bonjour ! Êtes-vous les gens qui vont à Rossdale ?

Lex hocha la tête.

— Comment avez-vous deviné ?

— C'est tout petit ici. Tout le monde est au courant et guette un 4x4 bleu.

— Pourquoi ? demanda Cole en se penchant vers la fenêtre.

Son visage touchait presque celui de Lex. Elle voyait une légère cicatrice sur sa lèvre supérieure et des paillettes de vert dans ses yeux. Son eau de toilette boisée lui tournait la tête.

— Les gérants du chalet ont dû partir tôt ce matin pour aller chez le docteur. Bheki s'est sûrement cassé la cheville.

La vieille dame sortit un bout de papier de sa poche et le tendit à Lex.

— Ils se sont aperçus en arrivant en ville qu'ils avaient oublié le téléphone professionnel au chalet. Alors, ils nous ont demandé de vous pister. Voici le code pour entrer. Lerato tâchera de revenir dans le courant de la matinée. Vous êtes les seuls clients.

Cole s'écarta et interrogea Lex du regard.

— Dans ces conditions, cherchons plutôt à nous loger en ville. Nous finirons d'arriver demain.

C'était une bonne idée. Lex avait hâte de prendre un bon bain chaud, de se changer et de manger une soupe devant un feu de cheminée.

— Oh non, reprit la dame. C'est impossible. Il n'y a plus une chambre de libre ici. Tout est plein.

— Il faut vous dépêcher, renchérit le monsieur. On annonce de la neige.

Le couple repartit bras dessus, bras dessous, abandonnant Lex et Cole à leur perplexité.

— Nous n'avons guère le choix, observa Lex.

— En effet. Mais nous serons tout seuls.

Face à leur désir... Sans rien ni personne pour détourner leur attention. Lex frissonna et tapota gentiment le bras de Cole pour tenter de détendre l'atmosphère.

— Cela vous fera le plus grand bien de vous mettre à la cuisine et de préparer votre café vous-même, sans être servi au doigt et à l'œil.

Il lui prit la main et la porta à ses lèvres pour l'effleurer d'un baiser.

— Je fais mon café moi-même, murmura-t-il d'une voix sexy.

Il se réinstalla dans son siège et observa les nuages avec une grimace.

— Ne traînons pas trop. Je n'ai aucune envie d'être

surpris sur une route inconnue par une tempête de neige. Et j'ai hâte de savourer un bon whisky.

— Moi aussi.

— Je prendrai le mien dans un verre en cristal, avec deux cubes de glace et servi sur un plateau d'argent.

Elle lui décocha son sourire le plus insolent avant de redémarrer.

— Ce sera la même chose pour moi.

Malgré l'obscurité, Cole fut très impressionné par le chalet Rossdale, une immense construction en bois, pierre et acier, étonnant mélange de modernisme et d'habitat traditionnel.

Les architectes avaient réalisé une véritable prouesse en faisant transporter les matériaux le long des dix kilomètres qu'ils venaient de parcourir. La route très étroite longeait par endroits des précipices vertigineux. Lex avait très bien conduit, en faisant très attention aux plaques de verglas. C'était une conductrice émérite.

Ils se trouvaient sur une sorte de plateau, tout juste assez grand pour abriter l'hôtel de trois étages, quelques bureaux, un pub et une boutique de location de skis. Un remonte-pente partait de là vers le sommet.

Les pistes seraient excellentes avec quelques centimètres de neige fraîche, mais Cole n'aurait malheureusement pas le temps de skier. Ils ne restaient pas assez longtemps.

Lex gara le 4x4 sur le parking presque désert, coupa le contact et plia plusieurs fois ses doigts engourdis. Il prit une main tremblante dans la sienne. Son visage était très pâle.

— Ça va ? demanda-t-il avec inquiétude.

— Oui... Je suis contente d'être arrivée. Je n'ai pas

l'habitude de conduire sur de petites routes de montagne, encore moins sur des chemins de terre escarpés et glissants.

Il regretta de ne pas avoir pris le volant lorsqu'elle le lui avait proposé. Il avait craint de la froisser.

— Vous vous en êtes très bien tirée, dit-il en se tournant vers le chalet. Que pensez-vous de cette bâtisse ?

Lex se pencha vers lui. Ses cheveux sentaient bon le citron et les baies sauvages.

— Étonnante !

Cole remonta le col de sa veste et descendit de voiture. Puis, il ouvrit le coffre pour prendre leurs bagages.

— La température descend rapidement. Rentrons vite pour allumer un feu.

Lex voulut se charger de son sac, mais il refusa et le mit en bandoulière. Puis il la conduisit par le bras jusqu'à un escalier en pierre et une porte massive, qui s'ouvrit quand il tapa le code.

Ils s'avancèrent à l'intérieur. Le vestibule donnait sur une immense salle commune, très haute de plafond. Cole alluma la torche de son portable, chercha l'interrupteur et alluma la lumière.

L'électricité était branchée et il était avec Lex. Jusqu'ici, tout allait bien.

7

Lex jeta un coup d'œil circulaire. D'antiques skis en bois décoraient tout un pan de mur. Sur le côté, une pièce équipée de bancs et de casiers permettait aux gens de se déchausser. Comme elle ne voulait pas salir, elle ôta ses tennis pleines de boue et fit la grimace au contact du sol. De retour dans le vestibule, elle s'accouda à la balustrade, en surplomb du vaste espace. Deux cheminées se faisaient face, à chaque extrémité. Des canapés en cuir et des fauteuils étaient regroupés par endroits, certains devant les baies vitrées gigantesques. En plein jour, on devait avoir une vue extraordinaire sur la montagne et la vallée.

L'ensemble était impressionnant.

Cole, qui avait aussi enlevé ses chaussures, la suivit dans le couloir, dont il ouvrit quelques portes. Il découvrit ainsi un bureau, une chambre et une suite somptueuse. Au bout, un escalier menait au troisième étage.

Ils retournèrent dans le hall d'entrée.

— J'imagine que la disposition est la même de l'autre côté, dit-il. Descendons au rez-de-chaussée. Il faut mettre le chauffage.

— Et trouver la cuisine. Je meurs de faim ! lança Lex.

L'escalier en bois, assez raide, conservait à la demeure sophistiquée un aspect rustique.

— C'est une construction récente ? demanda Lex.

Il examina l'ensemble songeusement.

— À soixante pour cent. D'après le dossier documentaire, une vieille ferme se trouvait à cet endroit. Mon père a gardé certains murs, en a détruit d'autres et a ajouté un étage.

Il marqua un temps d'arrêt et pencha la tête en regardant le mur de pierre au-dessus d'une cheminée.

— C'est bizarre comme ce lieu me paraît familier...

— Pourtant, vous n'êtes jamais venu ici.

— En effet. Mais, j'ai l'impression de connaître cette maison.

Il eut un sourire contraint.

— Désolé, c'est ridicule. Je suis probablement fatigué et surtout affamé.

Il avait peut-être vu des photos ou alors on lui avait décrit ce chalet. Qui sait même s'il n'était pas venu ici dans sa petite enfance ? se dit Lex.

Comme il n'avait visiblement pas envie d'en parler, elle passa devant lui et pénétra dans la salle à manger de vingt-quatre couverts, meublée d'une longue table en bois massif, avec des bancs recouverts de coussins de couleurs vives.

La cuisine adjacente, carrelée, était équipée de matériel ultramoderne, avec des plans de travail en marbre. Tout était intégré, depuis la cave à vin jusqu'à la machine à expresso. Apercevant un panneau de contrôle avec des boutons, elle chercha la commande du chauffage et ajusta la température. D'ici une vingtaine de minutes, avec un peu de chance, ils n'auraient plus froid.

— Merci, dit Cole en posant les paumes sur un comptoir. Vous avez trouvé de quoi manger ?

— Pas encore. Je cherche.

En ouvrant un grand frigo, elle découvrit une provision de légumes frais et de salade, ainsi qu'un assortiment de fromages. Elle poursuivit ses investigations et pénétra dans une buanderie équipée de machines à laver et de sèche-linge. Au fond, elle poussa la porte d'une réserve tapissée d'étagères chargées de conserves, de riz, de pâtes et de divers condiments. Un congélateur recelait en outre assez de viande et de poisson pour nourrir un régiment. Il y avait même des boîtes de chocolats. Elle en sortit une aussitôt et cria victoire.

— Waouh ! Cole ! Venez voir !

En retournant dans la cuisine, elle se heurta brusquement à lui, qui accourait. La boîte tomba par terre et Lex se figea, saisie par l'intensité qui brillait au fond des yeux couleur topaze.

— Désolée, je ne savais pas que vous étiez si près..., bredouilla-t-elle, décontenancée.

L'air se chargea d'électricité.

Cole posa doucement une main sur sa joue.

Lex était à un carrefour. Elle pouvait demeurer immobile et jouer la désinvolture tout en espérant qu'il l'embrasse. Elle pouvait aussi l'encourager en prenant les devants. Elle en avait assez de se retenir, de cacher ce qu'elle ressentait en maîtrisant ses élans. Elle ne voulait plus se censurer, mais être tout simplement elle-même, montrer à Cole qui elle était réellement pendant les quelques jours qu'ils allaient passer ensemble.

Elle s'était promis de se comporter avec franchise et authenticité, en actes et en paroles. Le temps leur était compté. Ils en avaient déjà trop perdu.

Lex savait pertinemment qu'il ne fallait rien attendre au-delà d'une brève aventure. Cette rencontre serait sans lendemain. Elle vivait au Cap. Lui était basé à Londres et perpétuellement en voyage. Elle ne s'autorisait aucune illusion et se défendait de tout sentiment, car Cole la quitterait sans arrière-pensée. Elle ne voulait pas souffrir. De toute manière, elle avait ses sœurs à élever. Sa vie était en Afrique du Sud. Il lui était impossible de s'établir ailleurs.

En outre, Cole était son patron.

Mais dans ce chalet de luxe perdu au fin fond du pays, loin de tout et hors du temps, plus rien ne comptait.

Ici, il n'y avait plus qu'eux deux. Pourquoi ne pas en profiter pour connaître le plaisir entre ses bras ? Les circonstances leur offraient des instants magiques, inespérés. S'il ne se passait rien, elle le regretterait jusqu'à la fin de son existence. Elle ne voulait pas, dans ses vieux jours, repenser à cette escapade avec de vains repentirs.

— Vous me plaisez tellement..., murmura-t-elle en posant les mains sur son torse.

— Moi, je suis fou de vous.

Elle pencha la tête en arrière avec un long regard langoureux. Puis, elle rassembla tout son courage.

— Embrassez-moi. Faites-moi l'amour.

— Vous êtes bien sûre de ce que vous voulez ? répliqua-t-il en prenant son menton entre le pouce et l'index.

Elle hocha la tête.

— Absolument.

— Et vous comprenez bien...

— Que vous ne pouvez rien me donner de plus. Mais je n'en demande pas davantage. Ce sera juste un intermède, une brève aventure.

Il planta les yeux dans les siens.

— Je ne voudrais pas d'un malentendu.

Lex soupira.

— C'est très clair, Cole. Maintenant, si je dois vous implorer, je vais commencer à me poser des questions.

Une lueur d'amusement brilla dans son regard.

— Vos désirs sont des ordres, Lex. Au fait, Lex est le diminutif de quoi ?

— Yamilex, un prénom arabe.

— Lex vous va mieux, dit-il en repoussant une boucle rousse derrière son oreille.

Pourquoi ne l'embrassait-il pas ? Elle n'avait plus envie de parler ni de réfléchir. Cela faisait si longtemps qu'elle n'avait pas perdu la tête pour un homme…

Elle l'enlaça par le cou.

— J'ai une question.

— Mmm ?

— Avez-vous l'intention de me séduire ici, dans la cuisine ? Ce n'est pas très romantique. Nous pourrions plutôt partir à la recherche d'un lit ?

Cole l'attrapa par la taille pour la soulever et la serrer contre lui. Elle s'exécuta de bonne grâce quand il lui demanda de croiser les jambes autour de ses reins. En même temps, elle ne put s'empêcher de capturer sa bouche en glissant sa langue entre ses lèvres. Il vacilla légèrement, mais raffermit aussitôt sa posture.

— Les hommes sont incapables de faire deux choses à la fois, le taquina-t-elle.

— Je te prouverai le contraire dès que tu seras à l'horizontale, promit-il fougueusement.

Dans la grande pièce, il faisait déjà bon. Cole avait allumé un feu dans l'une des cheminées et le crépitement des flammes se mêlait au hurlement des rafales de vent au-dehors.

En jetant un coup d'œil par la fenêtre, Lex poussa une exclamation. Le grésil s'était transformé en neige. De gros flocons d'un blanc immaculé voltigeaient dans l'air et s'accumulaient sur le sol.

— Cole, il neige ! s'écria-t-elle avec enthousiasme.

— Il fallait s'y attendre, non ?

Elle se laissa glisser à terre.

— Allons dehors ! C'est la première fois que je vois de la neige.

— C'est froid et humide, expliqua-t-il d'un air blasé en refusant de la lâcher.

Au supplice, elle était partagée entre l'envie de faire l'amour et le désir irrépressible de toucher la neige.

— Je veux goûter un flocon sur ma langue.

— Tu plaisantes ?

Elle secoua la tête avec une moue comique.

— Cela va tomber toute la nuit, protesta-t-il.

— Essaie de comprendre. Une fois, en apprenant qu'il neigeait à Ceres, nous sommes parties et avons roulé pendant trois heures, avec Addi et les filles, pour ne pas rater cela. À notre arrivée, tout avait déjà fondu. En Afrique, dès qu'il neige, il faut en profiter. C'est trop rare.

Elle n'y tenait plus.

— Cole, s'il te plaît ! Juste dix minutes !

— Je capitule, dit-il d'un ton résigné. Je ne gagnerai pas...

— Il faut savoir s'avouer vaincu devant plus fort que soi, répliqua-t-elle avec le plus grand sérieux.

— Les Africains sont des gens vraiment bizarres ! Mais je n'abandonne pas la partie. Je t'accorde cinq minutes. Ensuite, je te déshabille.

C'était un excellent compromis.

Lex tira la langue pour attraper un flocon. Aussitôt, Cole prit sa bouche en enfouissant les doigts dans ses cheveux.

Ils n'avaient pas pris le temps d'enfiler une veste. Le froid les saisit. Mais la joie de Lex faisait tellement plaisir à voir que Cole ne s'en lassait pas. Elle tournoyait sur elle-même, les bras en croix, le visage levé vers le ciel. Il se souviendrait toute sa vie de cet instant.

Ils étaient en chaussettes et avaient maintenant les pieds trempés. Lex se mit à frissonner. Il fallait rentrer.

À ce moment, contre toute attente et au mépris de toute prudence, elle enleva son pull pour goûter cette sensation inconnue sur sa peau.

— J'ai froid ! gémit-elle en sautant d'un pied sur l'autre tout en riant aux éclats.

— Il ne fallait pas te déshabiller ! Quelle folie !

Il la contempla avec une admiration sans bornes. Puis, sans pouvoir s'en empêcher, il s'approcha et dégrafa son soutien-gorge.

— Tu es magnifique !

Elle avait de jolis seins ronds, dont les pointes se dressèrent, rosies par le froid. Des taches de rousseur parsemaient sa peau couleur de miel, qu'il goûta avec gourmandise.

Quand il lécha quelques flocons sur sa poitrine, Lex enfouit les doigts dans les cheveux de sa nuque, avec de petits gémissements. Elle frissonnait. Ils ne pouvaient pas rester là.

Cole la souleva dans ses bras et l'emporta très vite à l'intérieur en claquant la porte derrière eux.

Il la reposa sur le tapis persan, juste devant le feu dans la cheminée. Elle tendit les bras pour se réchauffer, mais sans se rhabiller. Cette insouciance, dénuée de fausse pudeur, plaisait beaucoup à Cole. Elle n'était pas timide et lui faisait confiance.

Il se promit de ne pas la décevoir.

Après avoir posé son pull et son soutien-gorge dans un fauteuil, il s'agenouilla devant elle pour lui enlever ses chaussettes mouillées. Il se débarrassa ensuite des siennes et la prit par les épaules. Descendant lentement le long de ses bras, ses doigts s'entremêlèrent aux siens. Il inclina la tête et s'immobilisa, front contre front.

Il avait terriblement envie d'elle. S'il était superstitieux, il aurait pensé qu'elle lui avait jeté un sort. Il croyait aux histoires de marins naufragés succombant à l'appel des sirènes. Et aux guerres sans merci livrées pour la beauté d'une femme.

En ce moment, il aurait consenti à n'importe quel sacrifice pour posséder Lex.

Mais le froid et la neige l'avaient peut-être dégrisée ?

— Tu n'as pas changé d'avis, Lex ?

En guise de réponse, elle défit sa ceinture, déboutonna son jean et s'en débarrassa prestement. Elle ne portait plus qu'une petite culotte de coton blanc, légèrement transparente.

Cole contempla avec une expression éblouie son ventre plat, ses hanches bien dessinées et ses jambes incroyablement élancées. Elle retira le bandeau qui retenait ses cheveux, secoua la tête et ses boucles rousses se répandirent sur ses épaules et dans son dos.

Cette chevelure fauve, indomptée, seyait à merveille à son tempérament de feu. Elle était aussi imprévisible qu'un orage d'été en Afrique. Elle l'intriguait infiniment.

Il avait hâte d'explorer son corps fabuleux, mais sa personnalité excitait tout autant sa curiosité.

Bien malgré lui.

En ôtant son jean, Lex croyait précipiter les choses. Elle se trompait. Contre toute attente, Cole ne l'entraîna pas impatiemment sur le canapé en cuir derrière eux.

Il se contentait de la contempler tranquillement, s'attardant sur ses seins, qu'elle trouvait trop petits, et ses jambes, trop longues à son goût. Ses yeux examinèrent posément le tatouage qu'elle portait sur la hanche droite. Il figurait trois éléphants adultes encerclant deux éléphanteaux. Sans doute avait-il envie de poser des questions, mais le moment était inopportun.

Elle avait trop envie d'établir un contact physique, de le toucher. Elle s'approcha et agrippa le bas de son polo pour le passer par-dessus sa tête, avec le T-shirt qu'il portait en dessous. Elle jeta les vêtements au sol et caressa ses épaules, puis ses bras musclés. Lorsqu'elle glissa ses mains sur les siennes, il les porta à ses lèvres. Des paillettes d'or scintillaient au fond de ses yeux.

— Tu es bien sûre de ce que tu veux ? demanda Cole très doucement.

— Absolument.

Ce qui allait arriver était inéluctable.

Les doigts de Cole effleurèrent ses lèvres, ses pommettes, puis ses mâchoires, avec une légèreté et une douceur inattendues, mais aussi bouleversantes que ses baisers torrides. Elle n'aurait jamais imaginé qu'un homme aussi distant puisse témoigner autant de tendresse et de délicatesse. Il prit son visage entre ses paumes et lissa ses sourcils avec ses pouces.

— J'adore tes taches de rousseur, dit-il d'une voix rauque de désir.

— Embrasse-moi, Cole, chuchota-t-elle dans un souffle.

Il s'inclina et caressa longuement ses lèvres avant de les capturer, langoureusement, en prenant tout son temps.

Pendant qu'ils s'embrassaient, Lex explora avec volupté son torse, son dos et ses épaules. Quand ses mains descendirent vers son ventre, il l'encouragea par des soupirs et des grognements de plaisir. Comprenant tout à coup le pouvoir qu'elle avait, elle promena le bout du doigt sur son membre viril. Un frisson le parcourut.

— Lex...

Cole prit ses seins dans ses paumes, enfouit le visage au creux de son cou et y déposa une pluie de baisers.

— J'ai envie de toi, dit-il en tirant sur sa petite culotte.

Il baissa les yeux sur son sexe.

— Tu es adorable.

Incapable de s'en empêcher, Lex écarta les jambes. Il ne résista pas à l'invitation et glissa la main entre ses cuisses, à la recherche du point le plus sensible de sa féminité. Des milliers d'étoiles explosèrent comme un feu d'artifice dans le corps de Lex. Toute pensée la quitta tandis que ses doigts s'insinuaient en elle, très doucement d'abord. À l'écoute de ses réactions, il la mena avec un art consommé vers le paroxysme du plaisir. Cela faisait des années que Lex n'avait pas eu de relation sexuelle. Elle ne se souvenait pas de sensations aussi étourdissantes.

— Cole...

Jamais, de toute son existence, Cole n'avait rien vu d'aussi sexy que l'image de Lex devant le feu, au bord de la jouissance, avec la neige qui tombait au-dehors. Une part de lui-même voulait rester ainsi, pour contempler son visage au moment de l'extase, voir sa peau rosir et ses yeux s'agrandir démesurément. Mais une autre part, despotique et impétueuse, voulait communier plus complètement lors de cette première fois.

Il la porta sur le canapé et s'attarda quelques minutes supplémentaires à la regarder. Avec ses longs cheveux et son corps de rêve, elle semblait la féminité incarnée. Il fit un effort sur lui-même pour ne pas enlever son jean précipitamment et plonger en elle. Leurs regards se croisèrent et elle arqua les hanches, comme une supplique muette. Avant Lex, avec toutes ces femmes qu'il s'empressait d'oublier, il ne prenait pas vraiment le temps de savourer son plaisir tactile, de s'attarder sur la découverte d'une courbe ou d'une fossette.

Néanmoins, une folle impatience le taraudait. Sans oublier pour autant les précautions élémentaires, il chercha un préservatif dans son portefeuille avant de se déshabiller complètement.

Une main sur le dossier du canapé, l'autre sur le coussin où reposait la tête de Lex, il se positionna au-dessus d'elle tout en gardant les yeux rivés aux siens. Sachant qu'il aurait besoin de tout son self-control, il inspira profondément. Lex l'implorait muettement.

Elle écarta les jambes lorsque son membre appuya sur l'entrée de son sexe, très légèrement. Quel contact délicieux…

Elle gémit et prononça son nom dans un soupir.

Ses doigts suivirent le contour de ses omoplates, puis la ligne de sa colonne vertébrale, jusqu'aux fesses. Il se durcit encore et la pénétra d'une seule poussée.

Leurs bouches se joignirent tandis que le monde alentour s'effaçait. Ils s'accordaient parfaitement. Un même rythme les emporta. Mais Cole conservait la maîtrise totale de son corps et ne lâcherait pas prise avant d'avoir assouvi le désir de Lex.

Il était sur le fil du rasoir. Ils communiaient tous les deux dans une sorte d'élan vital, immémorial, d'une évidence absolue. Son cœur allait exploser d'une seconde à l'autre. La tension était presque insupportable.

Il entendit comme une plainte, qui monta en intensité

jusqu'à devenir un cri. Lex s'agrippa à lui de toutes ses forces, ses ongles s'enfoncèrent dans la chair de ses épaules. Il la suivit aussitôt et ils basculèrent ensemble dans une pluie d'étoiles.

Lorsqu'il commença lentement à recouvrer ses esprits, Cole enfouit son visage dans le cou de Lex, comme pour se gorger davantage encore de son odeur. Il venait de vivre un moment fabuleux. Jamais il ne s'était senti connecté à ce point. Le sexe ne lui avait jamais semblé aussi bon.

Pourquoi ?

Oui, pourquoi, alors que les circonstances étaient si défavorables ?

8

C'est bizarre comme ce lieu me paraît familier...

Tout en repensant à cette remarque, Lex enfila le polo de Cole et passa les jambes sur ses cuisses. Après avoir remis son T-shirt et son jean, il était parti en exploration, et revenu avec une bouteille de très bon vin et deux verres.

Elle sourit en jetant un coup d'œil par la fenêtre. Il continuait à neiger. Le sol était tout blanc. C'était très tentant de s'habiller et de sortir. Ils pourraient faire une bataille de boules de neige.

Comme s'il lisait dans ses pensées, Cole secoua la tête.

— Je ne mettrais le nez dehors pour rien au monde.

Elle fit la moue mais il resta de marbre.

— J'ai consulté la météo. Apparemment, ce n'est pas près de s'arrêter. J'espère que la couche sera assez épaisse pour me permettre de tester les pistes.

— Le niveau sera assez fort pour toi ?

— Tu ne sais même pas si je suis un bon skieur.

— Tu as évoqué des vacances aux sports d'hiver, dans la voiture. Apparemment, tu es un habitué. D'ailleurs, tu as un corps d'athlète.

À ses yeux, Cole représentait l'excellence et ne pouvait être médiocre dans aucun domaine.

— S'il y a assez de neige, je te donnerai une leçon de snowboard demain, lui dit-il.

Elle secoua la tête.

— Je suis nulle en sport.

Il se mit à rire.

— Cela ne peut pas être aussi catastrophique.

Lex soupira en regardant les doigts de Cole sur sa cuisse, et ses belles mains, larges et puissantes. Il avait la peau très bronzée, comparé à elle. Elle se remémora ses caresses... Ils avaient fait l'amour deux fois et reprenaient des forces. Malgré la faim, elle était trop bien pour bouger.

La curieuse réflexion de Cole lui trotta de nouveau dans la tête.

— Je me demande d'où vient ton impression de déjà-vu. Si ton père a entrepris de gros travaux de rénovation, ce chalet a sûrement beaucoup changé.

Cole leva le nez et regarda les poutres.

— Il me semble reconnaître les murs, la cheminée et le sol en ardoise.

— Tu serais venu ici dans ton enfance ?

Cole secoua la tête.

— Mon père a acheté ce chalet il y a dix ans. De toute manière, il ne m'a jamais emmené nulle part.

Sa voix s'était durcie, coupante comme de l'acier.

— *Jamais* est un mot très fort.

— Mais exact, en l'occurrence. Nos relations étaient inexistantes.

Lex caressa son bras nu du bout des doigts.

— Je sais ce que c'est que d'avoir un parent décevant, jamais à la hauteur.

Cole s'enfonça sur le canapé et posa la tête sur le dossier.

— Mon père était un bon parent, impliqué, présent, très proche... Mais pas avec moi.

— Je ne comprends pas.

Il passa une main nerveuse sur sa nuque.

— J'ai un frère aîné, Sam. Il a sept ans de plus que moi et mon père l'adorait. J'avais quatre ans quand mes parents ont divorcé. Je suis resté avec ma mère, Sam a suivi notre père. Nos chemins se sont complètement éloignés à partir de là.

Quel partage abominable ! Lex était prête à tout pour ne pas séparer ses sœurs et préserver la cohésion de la famille.

— Quelle relation avais-tu avec ta mère ?

Avait-il au moins pu compter sur elle ?

— Correcte... Elle était là physiquement, me nourrissait et m'habillait, comme font toutes les mères. Elle m'a mis en pension à treize ans. À partir de ce moment-là, je ne l'ai plus vue que deux fois par an.

— Où est-elle, maintenant ?

— Elle est morte quand j'avais vingt ans, dit-il platement.

— Ah, désolée.

Il haussa les épaules.

— C'est triste, mais elle ne m'a pas beaucoup manqué. C'était une femme assez froide et distante.

Lex fit la grimace. À l'entendre, il avait été élevé par un robot. Joelle avait beaucoup de défauts, mais elle n'était pas insensible !

— À quelle fréquence voyais-tu ton père ? Il avait forcément un droit de visite.

— Oui, mais il ne l'utilisait jamais. Je n'ai pas été assez clair. À compter de la séparation de mes parents, je n'ai plus eu aucun contact avec mon père. Ni visites, ni mails, ni coups de fil.

Cole se leva et alla fourrager dans le feu, une expression lugubre dans les yeux. Le cœur de Lex se serra.

Elle était triste pour lui. Joelle avait été une mère égoïste et assez indifférente, mais elle avait de l'affection pour ses filles et la leur manifestait de temps en temps. Au contraire de Cole, elle n'avait jamais connu son père et ignorait jusqu'à son nom. D'ailleurs, Joelle n'était pas très sûre de savoir qui c'était. Elle faisait tellement la fête...

Finalement, la situation de Cole était infiniment plus douloureuse. La différence de traitement entre les deux frères lui rappelait constamment le rejet cruel dont il était victime.

— Sam voyait souvent votre mère ?

— Environ une fois par mois, si mes souvenirs sont bons. Il venait parfois passer une semaine de vacances chez nous.

Quelle injustice !

— Sais-tu pourquoi ton père... ?

Elle chercha vainement ses mots. Le négligeait ? Le détestait ? Quel monstre pouvait ainsi renier son enfant ?

— Je n'en ai pas la moindre idée, répondit-il d'un air abattu. Quand j'interrogeais ma mère, elle éludait mes questions et changeait systématiquement de sujet.

Il croisa les doigts derrière la tête.

— C'est cela le plus terrible, ne pas savoir.

Lex comprenait parfaitement.

— N'importe quelle vérité, même blessante, est préférable à un mensonge réconfortant.

— Absolument.

— J'attache une grande importance à l'authenticité et à la lucidité, déclara Lex. Il vaut mieux voir les choses telles qu'elles sont et non comme on voudrait qu'elles soient.

Écartant ces considérations générales, elle revint au vif du sujet.

— Tu es peut-être né d'une infidélité de ta mère ?

— J'ai déjà envisagé cette explication, sauf que je suis le portrait craché de mon père.

Brusquement, il mit un terme à leur conversation.

— Pourquoi parlons-nous de cela ? Il y a des choses plus intéressantes.

Il en avait assez et Lex n'insista pas. Il était de toute façon dangereux de s'aventurer sur un terrain trop personnel. Il valait bien mieux s'en tenir au plaisir physique. En essayant de comprendre les événements qui avaient façonné sa personnalité, elle courait le risque de s'attacher. Or, il ne fallait pas. Ils étaient voués à une rencontre sans lendemain. L'aventure se terminerait dès qu'ils rentreraient au Cap.

Lex devait se limiter à des bavardages légers et superficiels. Elle plissa les yeux, avec une expression qu'elle avait souvent vue à Joelle.

— J'ai une idée..., murmura-t-elle.

— Je t'écoute.

— Il y a un congélateur au fond de la buanderie, avec des plats tout préparés. Tu pourrais en sortir deux et les mettre au micro-ondes.

Elle haussa un sourcil comique.

— Tu sais te servir d'un four à micro-ondes, au moins ?

Il se leva.

— Tu m'amuses. À quelle température et combien de temps ?

Lex leva les yeux au ciel.

— Ah, ces milliardaires ! Complètement inadaptés à la vie quotidienne...

Cole lui adressa un sourire insolent.

— Il y a malgré tout un domaine dans lequel j'excelle.

— Lequel ?

— Te donner du plaisir.

Elle ne trouva rien à répondre.

Le lendemain matin, Lex se réveilla seule dans le lit immense de la plus belle suite de l'hôtel. Elle roula sur le côté en étendant le bras. La place était encore chaude.

Elle se rappelait vaguement quelques mots chuchotés à son oreille.

Cole était sûrement en train de faire du café.

Elle s'étira voluptueusement en ramenant les pointes de pieds en arrière et les bras au-dessus de sa tête. Quelle folle nuit ! Ils avaient fait l'amour trois fois, et passé le reste du temps à se câliner inlassablement, comme s'ils ne pourraient jamais se rassasier l'un de l'autre. Malgré le peu de sommeil, Lex débordait d'énergie. Un immense bien-être l'habitait.

Quel bonheur.

Elle se promit de savourer chaque instant de cette escapade à Rhodes. Une telle occasion ne se représenterait pas de sitôt. Dans deux jours, elle retrouverait sa vie ordinaire, sans surprises, remplie par les obligations familiales.

Ici, dans la montagne, avec la neige et les bourrasques au-dehors, elle se sentait dans un cocon où seul comptait le plaisir des sens. Et Cole comblait tous ses désirs.

Sexuellement, en tout cas.

Car il ne réaliserait pas son rêve. Comment aurait-il exaucé ses souhaits les plus chers ? Il n'y avait pas assez de place dans la vie de cet homme pour elle et ses sœurs. Il ne lui accorderait jamais la priorité. Il ne fallait pas espérer son soutien ou son aide dans les épreuves. Mais peu importait, elle se satisfaisait de cette parenthèse. Pour le reste, elle demandait beaucoup trop. Personne ne serait jamais à la hauteur de ses exigences. D'ailleurs, elle ne faisait pas suffisamment confiance aux hommes pour y croire.

En plus, elle avait ses propres problèmes à résoudre. La peur de l'abandon, de la déception, et surtout celle de ne pas être aimée.

Franchement, qui aurait voulu de ce cadeau empoisonné ?

Irritée par cette nostalgie profondément ancrée en elle, Lex rejeta les couvertures, se dirigea vers le fauteuil où Cole avait posé ses vêtements et enfila son T-shirt à manches longues. Elle remonta l'encolure sous son nez pour respirer son odeur et ferma les paupières.

— S'il te plaît tant, je te le donne !

Cole se tenait sur le seuil avec deux tasses de café. Il portait un pantalon de jogging noir et un sweat couleur crème qui faisait ressortir la musculature de ses épaules.

Elle s'empourpra.

— J'adore ton odeur, murmura-t-elle.

— Tant mieux.

Elle prit le café qu'il lui tendait et tressaillit quand il déposa un baiser sur ses cheveux. Ce geste de tendresse la troublait délicieusement.

Pour cacher son embarras, elle alla se planter devant la fenêtre. Une épaisse couche de neige recouvrait toute la vallée, qui ressemblait à une carte de Noël.

— Waouh.

— On a une meilleure vue du salon.

Elle le suivit dans la pièce adjacente, où deux parois vitrées offraient un panorama à cent quatre-vingts degrés. Une banquette installée en diagonale invitait à la contemplation. Lex s'imaginait parfaitement passer la journée allongée sous une couverture avec un petit chien à ses pieds. Ou encore en train de se reposer, une main sur son ventre, tout près d'accoucher…

Une nouvelle vague de morosité l'envahit. Le somptueux chalet et la vue magnifique n'y étaient pour rien. Elle était tenaillée par un désir malheureusement irréalisable. Un désir de paix, de tranquillité et de calme… de *stabilité*. Aurait-elle jamais du temps pour elle ? Gagnerait-elle un jour une véritable indépendance ? Quel bonheur ce serait d'avoir le loisir de penser à soi, d'avoir un bébé, une maison…

Que lui arrivait-il ? Elle n'avait pourtant pas l'habitude de s'adonner à la mélancolie.

Cole la rejoignit sur la banquette et plaça une main sur son genou.

— Quel panorama fantastique ! Ce chalet est une aubaine.

Lex s'appuya contre lui.

— Mes sœurs seraient aux anges.

Elle s'était juré de ne pas penser à elles, mais Nixi et Snow tenaient une si grande place dans son existence qu'elle ne pouvait pas s'en empêcher.

Cole se tourna à demi vers elle.

— Raconte-moi comment tu es devenue chargée de famille. En fait, commence tout par le début…

— C'est une longue histoire, murmura-t-elle, partagée entre l'envie de se confier et la peur d'en dire trop.

— Nous avons tout notre temps.

Elle regarda par la fenêtre en rassemblant ses idées.

— Je t'ai déjà expliqué dans quelles circonstances elles étaient arrivées chez nous, et aussi quel esprit libre est Joelle.

Elle but une gorgée de café.

— Enfants, nous étions ballottées d'un endroit à l'autre,

au hasard des amours fantasques de notre mère. Elle casait comme elle pouvait ses deux filles, l'ange blond et la chipie rousse. La vie avec elle était... très instable.

Cole l'interrompit.

— Pourquoi dis-tu *la chipie rousse* ? Ta mère n'aimait pas la couleur de tes cheveux ?

— C'est un euphémisme...

De vieilles blessures se rouvraient, avec ces confidences. Même après tant de temps, elles n'avaient jamais vraiment cicatrisé. La cruauté inconsciente de Joelle avait rendu Lex complexée et vulnérable.

— Pourquoi ?

— À cinq ans, persuadée que mon visage était sale, je me frottais les joues à me faire mal. À six ans, j'avais peur d'être laide. Un an plus tard, grâce aux remarques de ma mère, j'en étais convaincue.

— C'est incroyable ! protesta Cole avec colère.

— Quand on est une petite fille si différente des autres, couverte de taches de rousseur, on a du mal à s'accepter. D'autant que ma mère se répandait constamment en compliments sur ma sœur, blonde, ravissante et à l'air angélique. J'étais harcelée à l'école. Je n'avais pas d'amies et j'aurais donné n'importe quoi pour devenir quelqu'un d'autre.

— Continue.

— Un été, Joelle a décidé de me teindre les cheveux. Comme nous n'avions pas beaucoup d'argent, elle a acheté un produit bon marché. Je me suis retrouvée orange vif, couleur carotte. Tom, le père de Storm m'a offert une séance chez le coiffeur. À la suite de cet incident malheureux, je suis restée blonde pendant dix ans. Je mettais aussi du fond de teint. Mes efforts ont été récompensés, puisque ma mère a commencé à me trouver jolie.

Cole poussa un grognement et enroula une boucle cuivrée autour de son doigt.

— Quand es-tu revenue à ta couleur d'origine ?

— Cela nous ramène à ta question du début, dit-elle avec un sourire.

— Je t'écoute.

Il ne la quittait pas des yeux et semblait suspendu à ses lèvres.

— J'avais seize ans et Addi dix-sept quand Joelle nous a confiées à la garde d'une grand-tante et a oublié de venir nous rechercher. Pour nous, cela a été une vraie bénédiction. Nous adorions tante Kate et la vie avec elle. Quand elle est morte, d'une crise cardiaque, nous avons hérité de sa maison. J'avais vingt et un ans.

— Et la stabilité dont tu rêvais, commenta-t-il.

Comment avait-il deviné ce qu'elle taisait ?

Déconcertée, elle poursuivit.

— Nous avons loué des chambres à des étudiants. Les loyers payaient les dépenses du quotidien. Tante Kate avait aussi une petite assurance-vie, mais le montant ne suffisait pas pour couvrir les frais universitaires pour nous deux. Comme Addi était plus scolaire que moi – elle est brillante, en fait –, nous avons décidé qu'elle poursuivrait ses études à plein temps. Ce serait mon tour ensuite, lorsqu'elle aurait décroché son diplôme et un emploi bien rétribué. En tout cas, c'était notre projet...

— Mais ?

— Mais Joelle est revenue au Cap avec les deux petites. Nous nous sommes brutalement retrouvées chargées de deux fillettes complètement perdues et désemparées. Heureusement, Addi venait de finir ses études et avait été recrutée par ton papa. Elle gagnait suffisamment d'argent pour subvenir à nos besoins, mais pas à payer une garde d'enfants. Il fallait quelqu'un à la maison pour s'occuper des filles, faire le ménage et la cuisine. J'ai donc repris des études, mais à temps partiel, avec des petits jobs à côté.

— Tu avais quel âge ?

— Vingt-trois ans.

— C'est très jeune pour endosser tant de responsabilités.

C'était pourtant la seule solution. Elles ne pouvaient guère placer les petites en foyer d'accueil…

— Finis ton histoire, Lex.

Elle haussa les épaules.

— C'est tout.

— Non, tu ne m'as pas expliqué comment tu étais repassée de blonde peroxydée à rousse.

— Ah… Nixi a le teint mat et les cheveux très noirs. Son père est probablement indien. Snow me ressemble. Pour qu'un enfant soit roux, il faut que les deux parents soient porteurs du gène récessif. Joelle est donc à moitié responsable de cette couleur de cheveux que pourtant elle déteste. Je me fais un plaisir de le lui rappeler de temps en temps.

— Vous vous parlez ?

— Nous avons repris contact quelques mois après l'arrivée des filles, essentiellement pour maintenir des liens avec Nixi et Snow. Nous n'avons pas grand-chose à lui dire. C'est surtout Addi qui s'en occupe. Moi, j'ai coupé les ponts il y a dix-huit mois.

— Que s'est-il passé ?

— J'ai surpris Snow en train de se maquiller avec mon fond de teint. Elle voulait cacher ses taches de rousseur, comme moi. Cela m'a consternée. Elle est tellement belle !

— Comme toi.

Lex fit comme si elle n'avait rien entendu. Sinon, elle ne serait pas allée jusqu'au bout.

— Joelle lui tenait le même discours qu'à moi. Je ne l'ai pas supporté et me suis mise en colère. Évidemment, Snow m'a demandé pourquoi je me décolorais en blonde...

« J'ai décidé que Joelle n'avait pas le droit de détruire sa personnalité comme elle avait fait avec moi. Je me suis démaquillée sur-le-champ et suis allée chez le coiffeur pour reprendre ma couleur naturelle. J'ai promis solennellement à Snow, et à moi-même, de ne plus jamais manquer d'authenticité.

— Tu es merveilleuse, Lex. As-tu convaincu ta sœur ?

— Ce sera une diva flamboyante. Nixi et elle sont fières de ce qu'elles sont. Elles ont un fort caractère et sont très populaires à l'école.

— Elles ont l'air intéressantes.

— Elles sont adorables.

— Comme leur grande sœur.

Il lui pressa doucement le genou.

— En tout cas, je suis très content de ne pas t'avoir connue blonde. Tu ne serais pas toi sans cette chevelure éclatante et ce teint fabuleux. Oh ! tu as aussi un corps délectable. Et j'aime...

Il s'interrompit brusquement, écarta l'encolure du T-shirt et l'embrassa sur l'épaule.

Qu'était-il sur le point de dire ? Il n'allait tout de même pas lui faire une déclaration ? Ils n'avaient passé qu'une nuit ensemble. Il n'y avait rien de sérieux entre eux. Qu'aurait-elle répondu, sinon ?

Il redressa la tête en riant.

— J'aime ta débrouillardise et la façon dont tu te sors des situations embarrassantes, reprit-il. Saurais-tu par hasard te servir d'une poêle à frire ? Les gérants sont bloqués en ville à cause du mauvais temps. J'ai découvert des œufs et du bacon dans le frigo...

Il se préoccupait du petit déjeuner.

Idiote. Tu t'emballais déjà...

9

Le lendemain, une tasse de café à la main, Cole contemplait pensivement le paysage tout blanc sous le ciel bas. Il était déjà tombé un bon mètre de neige, mais de nouvelles chutes étaient à prévoir.

Le climat de cette province du Cap-Oriental le surprenait. Il entendit du bruit dans la cuisine et sourit en reconnaissant un air à la mode que Lex chantonnait. Content d'avoir un moment à lui, il s'assit dans un fauteuil et étendit les jambes devant lui en croisant les chevilles.

Pourquoi avait-il raconté sa vie à Lex ? Il lui en avait dit plus sur sa situation familiale qu'à quiconque. Il ne confiait jamais ses secrets à personne. De ce fait, il se sentait anxieux et irritable. Qu'était-elle pour lui ? Certainement pas une maîtresse ni une amie. Une simple aventure.

Alors pourquoi l'avoir choisie comme confidente ?

Il se massa la nuque nerveusement. Lex n'était qu'un caprice éphémère.

Il passait singulièrement beaucoup de temps à se convaincre qu'elle n'était rien pour lui... Pourquoi ? Souhaitait-il inconsciemment prolonger leur relation ?

C'était impossible. Il reprendrait sa liberté chérie dès que poindrait la menace d'un attachement. Il était incapable de s'engager. Quelques liaisons catastrophiques lui avaient servi de leçon. Au bout de deux mois, il avait l'impression d'étouffer et ne pensait qu'à rompre. Certaines de ses maîtresses s'étaient offertes à lui corps et âme en lui jurant amour et fidélité. Ce n'était jamais assez. Il n'aurait jamais suffisamment confiance en personne.

Il savait pertinemment qu'il avait un problème. Il était incapable de croire à l'amour. Puisque cette incapacité faisait souffrir les autres, il gardait ses distances et se contentait de relations passagères et superficielles.

Il prenait la fuite au premier signe d'émotion ou de dépendance affective. Il y avait de forts risques qu'il réagisse de la même manière avec Lex.

Il serait toujours insatisfait. C'était sa nature. Rien ne comblerait jamais le trou béant que l'abandon de son père avait creusé en lui.

À supposer que Lex ait la capacité de le rendre heureux – après tout, on pouvait rêver –, leur histoire était de toute façon vouée à l'échec.

Grenville l'avait privé d'un modèle paternel auquel s'identifier et il était incapable de s'imaginer dans le rôle de beau-père. Pour cette raison, il avait toujours soigneusement évité les mères célibataires. Lex n'avait pas d'enfants, mais sa situation y ressemblait fort. Il aurait fallu partager le peu de temps dont il disposait avec les sœurs de Lex. Ce n'était vraiment pas idéal.

Trop de complications lui interdisaient de se projeter… Il soupira. Deux jours. Pas davantage. C'était tout ce qu'ils partageraient.

Lex traversa la grande salle en brandissant son téléphone.

— Je n'ai pas de réseau, annonça-t-elle. Et l'électricité ne marche plus.

Par ce temps, ce n'était pas surprenant.

— Il y a certainement un groupe électrogène. Mon père n'aurait pas dépensé des millions à rénover ce chalet sans prévoir une solution de secours en cas de coupure. Il va se déclencher tout seul.

Il avait à peine fini sa phrase que le bruit d'un moteur retentit. Les lumières se rallumèrent.

Lex s'assit sur le bras du fauteuil et Cole l'attira sur ses genoux. Quand elle fut bien installée, il lui caressa tendrement les cheveux.

Elle lui prit sa tasse et but une gorgée de café.

— Quel spectacle somptueux ! On croirait que tout est saupoudré de sucre glace. Les filles adoreraient jouer dans la neige. En fait, je me sens un peu coupable d'être ici sans elles.

Cole sortit son portable, vérifia les distances et le temps de vol, fit un peu de calcul mental, puis regarda sa montre.

— Il est 9 heures. En nous dépêchant tous un peu, elles pourraient être là en milieu d'après-midi.

Lex écarquilla des yeux étonnés.

— Qu'est-ce que tu racontes ?

— Un petit avion privé les conduirait de Durban à East London, puis un hélicoptère jusqu'ici. Nous les renverrions demain par le même moyen.

Était-ce bien lui qui parlait ainsi ? Après s'être dit qu'il ne voulait pas partager Lex avec d'autres ? Elle avait très envie de voir ses sœurs, et il voulait lui faire plaisir. D'instinct, sans réfléchir.

— Si elles veulent voir la neige, c'est très facile à réaliser, ajouta-t-il comme elle restait bouche bée.

— Cela coûterait une fortune !

Pour toute réponse, il haussa les épaules.

— Alors ? demanda-t-il au bout d'un moment.

Elle plissa le nez et secoua la tête.

— C'est très gentil. J'apprécie ta proposition, mais tu ne vas pas remuer ciel et terre...

— Ce serait avec plaisir.

— Merci, mais non. C'est très gentil à toi, répéta-t-elle d'une voix changée, très poliment.

Subitement, elle se leva, fourra les mains dans les poches de son jean et courba les épaules. Il la ramena en arrière, mais elle se crispa, le dos raide, les mains serrées entre les genoux.

Pourquoi avait-elle cet air malheureux et coupable, tout à coup ?

— Tu as le droit de refuser, Lex.

Elle tourna son visage vers le sien.

— C'est la première fois depuis cinq ans que j'ai du temps à moi. Ce sont mes petites vacances, rien qu'à moi. Je décompresse et je n'ai pas envie de m'occuper des autres, de surveiller la toilette et les repas, ni de raconter six histoires à la suite pour les endormir. Pendant quelques jours, je veux juste être moi.

Il la comprenait tout à fait.

— En même temps, reprit-elle, je me sens affreusement coupable de les priver d'un voyage en hélicoptère et de la joie de jouer dans la neige. Elles n'ont pas eu beaucoup de chance, Cole. Nous avons si peu à leur offrir...

Il lui caressa doucement le dos.

— Un foyer stable, l'assurance de manger à leur faim, d'aller tous les jours à la même école et de dormir chaque nuit dans le même lit.

Il déposa un baiser sur sa tempe.

— Sans oublier l'amour et l'affection. Tu leur donnes beaucoup, Lex, au contraire.

Il avait été un enfant gâté, en tout cas sur le plan matériel. On ne lui refusait aucun jouet, il était habillé comme un prince et avait reçu la meilleure éducation. Pourtant, il aurait sans hésiter échangé tous ces privilèges contre un câlin et une lecture avant de dormir. Lex ne se rendait pas compte du cadeau inestimable qu'elle faisait à ses sœurs.

Lex poussa un gros soupir en se pelotonnant contre Cole.

— Parfois, j'ai honte de moi, chuchota-t-elle.

— Pourquoi, chérie ?

— Parce que la situation me pèse. J'ai consenti à beaucoup de sacrifices pour les élever. Et je suis jalouse d'Addi, murmura-t-elle, si bas qu'il faillit ne pas l'entendre.

Il l'entoura de ses bras et la tint serrée contre lui.

— Tu as envie d'en parler ?

— Non.

— Vraiment ?

Il n'eut pas besoin d'insister davantage.

— Pendant notre adolescence, je l'adorais. Elle était ma meilleure amie mais je lui en voulais d'être blonde et belle. En plus, elle était brillante et charmait tout le monde.

Sans doute, songea Cole. Mais Addi n'avait pas éveillé le moindre désir en lui, alors que Lex agissait comme un aphrodisiaque.

— Quand nous étions enfants, j'avais toujours l'impression d'être à la traîne, poursuivit Lex. Je pensais que cela s'arrangerait à l'âge adulte. Mais non.

— Donne-moi un exemple.

— Il y en a des tonnes. Addi a obtenu la première son diplôme universitaire. Elle a trouvé un emploi tout de suite. Quand les filles sont arrivées, j'ai dû rester à la maison pour m'occuper d'elles. Je n'ai pas un moment à moi, alors qu'elle a souvent l'occasion de partir en voyage d'affaires...

« C'est toujours moi qui ai le rôle le plus ingrat. J'ai

parfois l'impression d'être comme Cendrillon et de me sacrifier pour les autres.

Elle pressa les poings sur ses yeux.

— Je m'en veux d'éprouver de la colère, de la jalousie et du dépit. Je les aime, Cole.

— Bien sûr. On a le droit d'avoir des émotions contradictoires.

Elle hocha la tête.

— J'ai l'air de me plaindre et je déteste les geignards. Dans la vie, on n'a pas le choix des cartes. Il faut jouer avec ce qu'on a en main. Mais de temps en temps, j'aimerais changer les règles du jeu.

Il scruta son expression. Elle avait déjà tant fait pour les autres ! Elle se torturait pour rien. À sa place, n'importe qui aurait éprouvé la même chose. Qu'aurait-il fait, lui, dans les mêmes circonstances ? Il aurait été bien incapable de s'occuper de deux jeunes enfants tombées du ciel.

Son dévouement lui inspirait un profond respect.

Elle ramena ses cheveux en chignon sur le sommet du crâne et les attacha avec un élastique qu'elle avait au poignet.

— Malgré mon désir d'être ici seule avec toi, je suis tentée d'accepter ta suggestion, soupira-t-elle. Elles s'en souviendraient toute leur vie…

Cole força une grimace sur ses traits.

— Je me suis peut-être trop avancé, tout à l'heure. Les conditions météorologiques sont très mauvaises. Je ne sais pas si un hélicoptère réussirait à se poser.

— Tu dis cela pour me réconforter ? demanda Lex d'un ton soupçonneux.

— Non.

Il aurait fait n'importe quoi pour la rasséréner.

— Menteur… Merci.

Ils se blottirent douillettement l'un contre l'autre en savourant le calme.

Au bout d'un moment, Cole pointa l'index vers la montagne.

— Je vais me lancer sur les pistes, tout à l'heure. Je ne peux tout de même pas loger dans ce chalet qui est à moi, du moins pour l'instant, sans skier. Il y a une boutique de location juste en face. Je trouverai l'équipement dont j'ai besoin.

— Le remonte-pente n'a pas l'air de fonctionner, objecta Lex avec un sourire.

— Avec un peu de chance, je trouverai la personne qui s'en occupe. Ensuite, je te donnerai une leçon de ski.

Elle lui lança un regard malicieux.

— Je préférerais me distraire autrement...

— C'est très tentant. Nous verrons.

Sur le point de l'embrasser, il se ravisa. Après les confidences qu'ils avaient échangées, il jugeait préférable de remettre un peu de distance. Il craignait d'installer une intimité qui le sortirait de sa zone de confort.

— Un baiser risque de nous entraîner trop loin et de me détourner de mon projet.

Lex se redressa.

— Désolée de t'avoir raconté ma vie... Ce n'était pas mon intention.

Il fronça les sourcils. Lui aussi s'était confié, sans ressentir pour autant le besoin de s'excuser.

— Nous pouvons aussi être amis, Lex. Il n'y a pas de règles.

Elle plissa le nez.

— Ce serait tellement plus facile s'il y en avait.

Elle se mit debout.

— Je vais dormir un peu pendant que tu t'amuses dans la neige.

La lueur qui s'alluma dans les yeux de Cole la revigora.

Il avait envie d'elle. C'était réciproque. Cela résumait la situation.

Qui avait besoin d'un modèle ou d'une marche à suivre ?

Cole s'immobilisa en bas de la pente et reprit son souffle, les mains sur les cuisses. Puis il se retourna et hocha la tête d'un air satisfait. Il avait descendu trois fois de suite la piste Charlie en remontant à pied. Il avait mal aux cuisses, mais cela en valait la peine.

En se penchant pour déchausser ses skis, il se demanda qui était Charlie. Ce nom figurait partout. Le pub local l'avait même adopté comme enseigne et la succursale de Thorpe Industries qui gérait la station s'appelait ainsi.

Ce nom avait sûrement une signification particulière pour son père.

Il envoya un mail à l'avocat de Sam.

Qui est Charlie ? Pourquoi ce prénom est-il omniprésent dans la station de sports d'hiver ? Pouvez-vous poser la question à Sam et me transmettre sa réponse ?

Depuis qu'il était entré dans un monastère, Sam n'était pas autorisé à communiquer librement avec le monde extérieur, mais son avocat avait sans doute des contacts avec lui.

Cole adorait le sport. Il respira à pleins poumons en surveillant le ciel. Une tempête s'annonçait. Dans le coin, on n'avait pas vu autant de neige depuis cinquante ans. Il se décida pour une dernière descente avant de rejoindre Lex.

Il avait hâte de la retrouver. Avec elle, le plaisir du

sexe atteignait une intensité fantastique. Il dormait peu, mais d'un sommeil profond, réparateur. D'habitude, il n'aimait pas avoir quelqu'un dans son lit. Curieusement, sa présence, non seulement ne le gênait pas, mais lui semblait naturelle. Il l'enlaçait par la taille spontanément et la tenait serrée contre lui.

Ce matin, ils s'étaient réveillés dans la même position. Elle avait les fesses contre son ventre et lui une main sur sa poitrine, comme par habitude.

Ses confidences, ce matin, l'avaient agréablement surpris. Néanmoins, à la fin de leur conversation, elle avait eu comme un mouvement de regret. Pourquoi ? Après toutes les épreuves qu'elle avait endurées, elle avait bien le droit de ressentir de l'amertume. Cela n'enlevait rien à son admirable dévouement.

Il l'admirait et la respectait. Lui-même avait été un enfant privilégié, même s'il avait souffert affectivement. Il avait eu tout le temps qu'il voulait pour se consacrer à ses études, et plus tard à son entreprise. Et il n'avait jamais manqué d'argent, contrairement à Lex qui avait bien du mal à joindre les deux bouts.

C'était l'une des personnes les plus fortes et généreuses qu'il ait jamais rencontrées.

En haut de la piste, au moment où il s'élançait, l'image de Lex dansa devant ses yeux, avec sa chevelure éclatante répandue sur l'oreiller, et son corps voluptueux pressé contre lui. En rentrant, il s'allongerait avec elle sur un tapis devant la cheminée… Ensuite, ils bavarderaient tranquillement, en toute liberté.

Il soupira avec une pointe d'irritation. On ne s'enthousiasmait pas ainsi pour une brève aventure… Entre eux, c'était purement sexuel, se répéta-t-il comme s'il avait besoin de s'en convaincre.

La vitesse et l'altitude le grisaient. Son cerveau n'était sans doute pas suffisamment oxygéné...

Tout rentrerait dans l'ordre quand ils seraient de retour au Cap.

Du moins l'espérait-il.

Sinon, il avait du souci à se faire.

10

— La météo prévoit encore de fortes chutes de neige la nuit prochaine, annonça Cole en versant deux verres d'un excellent vin rouge.

Il tenait compagnie à Lex dans la cuisine, où elle préparait une sauce aux câpres, ail et anchois pour accompagner un plat de pâtes.

— Cet après-midi, j'ai consulté les actualités sur le site de la municipalité, continua-t-il. Rhodes est coupée du monde pour plusieurs jours.

Lex se mordit la lèvre. Ils étaient très hauts en altitude, perdus dans la montagne... Cole la rassura en lui pressant l'épaule.

— Nous serons peut-être bloqués ici quelque temps, mais tout va bien.

Cole était réconfortant. Il la sécurisait. Elle ne s'était jamais confiée aussi librement à personne au sujet de ses sœurs. Cela faisait un bien fou de se décharger de ses soucis et de les partager avec quelqu'un qui la comprenait. Mais il ne fallait pas en abuser. Cole ne resterait pas longtemps en Afrique du Sud et ne serait bientôt plus là pour l'écouter. Elle ne pourrait pas compter sur lui à l'avenir.

Même à supposer qu'il habite au Cap, son quotidien

le ferait fuir. Ses quatre sœurs occupaient une place immense dans sa vie, et les deux plus jeunes resteraient à sa charge pendant encore dix ou quinze ans, jusqu'à ce qu'elles soient adultes et indépendantes. La perspective avait de quoi effrayer n'importe qui.

De toute manière, Cole n'avait pas l'intention de s'engager dans une relation. Donc, la question de son aide et de son soutien ne se posait pas. Il valait mieux garder ses distances et se préserver.

Cela rendrait les adieux moins pénibles.

Lex ne supporterait pas d'être encore abandonnée par quelqu'un qu'elle aimait. Elle avait déjà bien trop souffert.

— Nous avons du bois, de la nourriture et du fioul pour le groupe électrogène, reprit Cole.

— Je ne suis pas inquiète.

Ce n'était pas la situation matérielle qui l'affolait, mais plutôt leur intimité forcée.

— D'autres informations ? demanda-t-elle.

Il fronça les sourcils.

— Malheureusement, on a signalé des disparitions. Les hébergements sont pris d'assaut, les gens ne savent plus où aller.

— Des disparitions ?

— Oui, deux bergers. On n'arrive pas à les contacter par téléphone. Leurs portables sont probablement déchargés.

— On a envoyé les secours ?

— La petite ville manque de moyens. J'ai proposé de louer un hélicoptère, à mes frais bien entendu.

Cole se montrait généreux en toutes circonstances, un trait de caractère très estimable.

— C'est très gentil, Cole.

— Mais inutile. Les autorités vont interdire le trafic aérien, beaucoup trop dangereux par ce temps catastrophique.

Lex n'avait donc rien à regretter pour ses sœurs... Sans la mauvaise nouvelle concernant les bergers, elle se serait réjouie à l'idée de se cloîtrer avec Cole pendant quelques jours supplémentaires.

— Le responsable de la sécurité est malgré tout optimiste, reprit Cole, comme s'il devinait ses pensées. Les bergers sont de rudes montagnards, qui connaissent bien le milieu naturel. Ils se seront certainement réfugiés dans une cabane.

Lex hocha la tête, soulagée, et changea de sujet.

— De quand date ce chalet ?

— La construction d'origine a quatre-vingts ans. Charlie était peut-être l'ancien propriétaire.

Étant donné l'omniprésence mystérieuse de ce nom dans la station, Cole expliqua qu'il avait envoyé un e-mail à l'avocat de son frère.

— Je me demande s'il répondra...

— Tu n'as pas l'air d'y croire.

— Sam et moi avons eu des relations compliquées. Je le voyais quand il venait chez notre mère. Par moments, je l'adorais – il était plus âgé que moi et très à l'aise. Parfois, j'étais horriblement jaloux de ses liens avec Grenville. Cela fait quinze ans que nous n'avons plus aucun contact. Donc, oui, une réponse m'étonnerait beaucoup.

Lex fit la grimace. Elle était tellement proche de ses sœurs qu'elle n'imaginait pas une telle situation. Addi était sa meilleure amie. À elles deux, elles formaient une équipe solide et pouvaient toujours compter l'une sur l'autre.

— Pourquoi êtes-vous en si mauvais termes ? demanda-t-elle.

Il baissa le nez sur son verre, sans rien dire.

— Cole ?

Il ramassa le bouchon de la bouteille et se mit à jouer distraitement avec.

— Nous n'avons jamais été proches, mais avons conservé des relations jusqu'à ses études universitaires. Puis un beau jour, vers la fin de mon adolescence, il a cessé de répondre à mes e-mails et à mes coups de téléphone. J'ai fait le siège de son appartement pendant quarante-huit heures pour lui demander des explications.

Dévorée de curiosité, Lex posa les coudes sur la table.

— Et alors ?

— Rien. Il m'a simplement dit qu'il coupait les ponts.

— Sans raison ?

— Mon père l'y obligeait et la parole de Grenville avait force de loi. Si Sam voulait hériter de la fortune et de l'affaire familiales, il devait en passer par là.

— Mais c'est absurde !

— Pas pour Grenville. À sa mort, je n'étais pas du tout mentionné dans son testament. Il a tout légué à Sam.

Hum... Lex avait du mal à suivre. Cole n'était-il pas le nouveau P-DG de Thorpe Industries, cette puissante multinationale qui regroupait sous son aile une galaxie de petites compagnies ? Comment était-ce possible si son frère était l'unique légataire ?

Cole raconta alors comment Sam, en rentrant dans les ordres, avait renoncé à toutes ses possessions et les lui avait transmises.

— Je m'apprêtais à lancer une OPA sur l'entreprise, pour les obliger à traiter avec moi et donc à reconnaître mon existence. J'étais déterminé à demander des comptes à mon père, à jouer enfin cartes sur table.

Cole jeta un regard sombre par la fenêtre.

— Mon père m'a privé de cette explication en mourant

à ce moment-là. Ensuite, Sam a achevé de désamorcer ma vengeance en mettant tout à mon nom. Si seulement...

— Quoi donc ? s'enquit Lex doucement quand il se tut.

— Si seulement je savais ce que j'ai fait pour que Grenville me haïsse à ce point.

Un mélange de douleur, de frustration et d'impuissance perçait dans sa voix. Quel sens donner à cette situation incompréhensible, maintenant que son père était mort ?

Cole haussa les épaules et remplit leurs verres. Ses yeux avaient la dureté de l'agate. Il se retranchait derrière un rempart impénétrable.

— Je viens de recevoir une invitation d'un client pour une garden-party dans un château bourguignon du XVIe siècle, pour célébrer le 14 Juillet.

Lex cilla plusieurs fois des paupières. Elle n'était pas sûre d'avoir bien entendu. Quel rapport avec son frère ?

— Tu accepterais de m'accompagner ?

Cette fois-ci, elle eut l'impression de débarquer sur une autre planète. Comment pouvait-il sauter ainsi d'un sujet à l'autre comme si de rien n'était ?

— Nous étions en train de discuter de ton frère, Cole.

— Eh bien, maintenant nous parlons d'autre chose. Qu'en dis-tu ? Cela te plairait ? Nous pourrions passer par Londres en revenant. Tu verrais où j'habite. Nous serions de retour mardi.

Elle le regarda avec une expression médusée.

— Je ne peux pas aller en France et à Londres avec toi.

Il but une gorgée de vin.

— Pourquoi ? Tes sœurs sont en vacances. Tu es libre.

Quelle idée saugrenue ! Cole se trompait complètement sur son compte. Elle n'était pas du genre à sauter dans un avion sur un coup de tête, et ne courait pas non plus les châteaux et les réceptions. Cela ne lui ressemblait pas du tout. Elle ne fréquentait pas la jet-set !

— De toute manière, même si tes sœurs étaient là, tu aurais bien le droit de t'accorder quelques jours de vacances.

— Non !

— Pourquoi ?

— Je m'occupe d'elles. C'est mon rôle et je l'ai accepté en toute connaissance de cause.

— Tu n'as tout de même pas renoncé définitivement à te distraire et à t'amuser ? Bon sang, Lex, je ne te demande pas de m'épouser ! Juste de venir en week-end avec moi.

Cette façon de changer les règles du jeu déplaisait souverainement à Lex. L'histoire n'était pas censée continuer au-delà de l'escapade à Rhodes... La jeune femme était d'autant plus en colère qu'elle était très tentée d'accepter, de retrouver un peu l'insouciance et la liberté de sa jeunesse. Mais à quel prix ? Pourrait-elle revenir ensuite à sa vie ordinaire ?

— Tu ne peux pas t'arrêter de vivre à cause de tes sœurs, Lex.

— Ah bon ? De quoi te mêles-tu ?

Comment osait-il la juger ? Il ne connaissait pas ses motivations.

— Tu leur donnes la priorité parce que personne n'a jamais fait cela pour toi. Tu leur offres le bonheur et la stabilité que tu n'as jamais eus.

Oh ! elle le détestait d'avoir raison et de dire tout haut ce qu'elle n'osait s'avouer. En essayant d'être tout pour Nixi et Snow, elle s'efforçait de réparer sa propre enfance.

— C'est injuste pour toi, insista-t-il.

— Tu es pourtant bien placé pour savoir que la vie est injuste. Tu n'as pas de leçons à me donner.

— Je ne te critiquais pas. Je veux juste...

— Arrête ! cria-t-elle.

Elle était à bout. Les propos de Cole ramenaient à la surface des souffrances et des vérités qu'elle avait sciemment refoulées. Elle s'oubliait et mettait son existence entre parenthèses pour prouver qu'elle était digne d'amour.

Elle avait besoin d'être seule et de respirer.

Lex recula en levant les mains en l'air.

— Pourquoi nous disputons-nous ?

— C'est toi qui cries et qui te fâches.

Elle le défia du regard.

— J'ai une question.

— Je t'écoute.

— Pourquoi voulais-tu à tout prix détourner la conversation du sujet de ton frère ? Tu ferais bien d'y réfléchir ! ajouta-t-elle d'une voix coupante en tournant les talons.

Lex prit une lampe de poche dans un tiroir et sortit dans la neige et le froid. Elle revint au bout de dix minutes, glacée et avec un mal de tête. Elle monta sans bruit dans la chambre, chercha des cachets dans son sac, les avala et s'assit tristement au bord du lit. Cole dormirait-il avec elle cette nuit ? Passeraient-ils le reste du séjour dans un silence tendu ? Déciderait-il de l'ignorer parce qu'elle ne valait pas la peine qu'il s'intéresse à elle ? Joelle était très forte, autrefois, pour la convaincre de sa médiocrité.

Elle entendit des pas mais garda la tête baissée. Cole s'assit à côté d'elle et l'enlaça par la taille.

— Tu es toujours furieuse ? murmura-t-il à son oreille.

Oui. Non. Elle enrageait, mais contre elle-même. Elle n'avait pas supporté d'entendre des vérités qu'elle avait du mal à s'avouer. Elle n'était pas vraiment guérie des chagrins de son enfance, comme elle avait cru. Le passé l'empoisonnait toujours.

Incapable de résister, elle s'appuya contre lui, comme pour profiter de sa force. Il la protégeait.

Mais tout était tellement confus...

Il fallait se secouer, affronter la réalité. Elle ne pouvait pas compter indéfiniment sur lui pour la rassurer. Il repartirait. Elle serait de nouveau seule.

— Je ne sais pas, murmura-t-elle.

— D'accord.

Il la prit par les épaules et la poussa doucement en position allongée.

— Que fais-tu ?

— Tu vas te reposer un peu avant le dîner.

— Je ne fais jamais la sieste.

— On ne discute pas mes ordres. Excuse-moi si je t'ai énervée, tout à l'heure.

Elle hocha la tête.

— Toi, tu reconnais que tu as changé de sujet pour ne plus parler de ton frère ?

— Oui. Il n'empêche que j'ai toujours envie de t'emmener en France.

— Notre histoire devait se terminer à notre retour au Cap.

— Pourquoi ne pas prolonger un peu le plaisir d'être ensemble ? Cela ne nous engage pas pour autant.

Sur le point de refuser, juste par habitude, elle se ravisa brusquement. Elle pouvait très bien aller en France. Rien ne la retenait au Cap. Elle n'avait jamais voyagé à l'étranger et pareille occasion ne se représenterait pas avant longtemps. Une excitation délicieuse coula dans ses veines.

Cependant, la prudence lui commanda de ne pas agir impulsivement.

— Je réfléchirai, dit-elle.

— Très bien.

Cole dénoua ses cheveux et les caressa songeusement.

— Puis-je encore ajouter quelques remarques ?

Elle se crispa, mais il n'attendit pas son autorisation.

— Malgré ce que je t'ai dit, j'ai le plus grand respect et la plus sincère admiration pour toi. Tu mènes de front l'éducation de tes sœurs, ton travail et tes études avec un brio extraordinaire.

Elle se détendit.

— Toi aussi, tu jongles avec un nombre d'activités incroyable.

— Non, ma douce. Les enjeux ne sont pas comparables. Si j'échoue, je perds seulement de l'argent.

Une chaleur agréable inonda Lex. Personne ne l'avait jamais complimentée ainsi. Les paroles de Cole la transportaient de joie.

Elle se sentait enfin comprise et reconnue, et paradoxalement par un homme solitaire, d'un milieu très différent du sien. On lui avait témoigné si peu de soutien, jusqu'alors... Cela lui mettait du baume au cœur.

— Merci.

— Mais tu n'es vraiment pas commode quand tu t'énerves !

Il la taquinait et elle se mit à rire. Que de curieuses sautes d'humeur ! Ils étaient de nouveau amis. Et amants.

Submergée par un mélange de gratitude et de désir, elle chercha sa bouche avidement.

— Déshabille-moi, murmura-t-elle.

Il obtempéra promptement et lui ôta son pull. Elle avait un soutien-gorge blanc, tout simple. En le dégrafant, il se dit que des dentelles et des couleurs vives lui iraient bien.

— À ton tour, maintenant, dit-elle quand elle fut nue.

De nouveau, il s'empressa d'obéir. S'agenouillant devant lui, elle posa les lèvres sur son sternum et descendit lentement le long de son torse, vers sa taille. Cole ferma les yeux et défit la boucle de sa ceinture, mais elle écarta ses mains.

— Laisse-moi faire.

Il plongea les yeux dans les siens, couleur de jade, magnifiques. Elle le fascinait.

Dans une autre vie, s'il avait été un autre homme, il aurait trouvé un moyen pour la garder dans sa vie.

Mais c'était impossible. Ils ne connaîtraient ensemble que le plaisir du sexe. Le temps leur était compté. Elle avait une famille à charge et lui ne savait pas gérer les relations humaines. Il finissait toujours par tout gâcher.

Mais elle était la première femme à le tenter aussi fort. La frontière entre le désir et l'amour se brouillait dangereusement.

Calme-toi, idiot. Sinon, tu risques de beaucoup souffrir.

Lex fit glisser son pantalon et son caleçon jusque par terre. Il les écarta d'un coup de pied, mais secoua la tête lorsqu'elle approcha le visage de son érection. Si elle le touchait, tout irait beaucoup trop vite. Or, il voulait profiter pleinement de chaque instant.

— Maintenant, c'est moi qui commande.

Il entama une lente et minutieuse exploration de son corps, sans rien laisser au hasard. Il goûtait et humait chaque centimètre de peau, méthodiquement, jusqu'à la pliure du genou et la cambrure du pied. Impatiente, Lex s'empara de sa main pour la poser sur son sein, mais il refusa de se hâter. Il prendrait tout son temps.

Un instant, il enfouit le visage entre ses cuisses, puis remonta vers son nombril, et sa poitrine.

Quand les gémissements de Lex se firent plus implorants,

il partit à la découverte de son dos et de ses fesses, avec la même nonchalance, sans se presser. Au supplice, elle se redressa et tambourina de ses poings sur ses omoplates. Elle avait les yeux chavirés par la passion.

Il posa les lèvres sur son sexe. Le premier frôlement déclencha un orgasme. Les caresses et les baisers en amenèrent bientôt un deuxième.

Éperdue de plaisir, elle roula docilement sur le ventre et souleva les hanches en se pliant au désir qu'elle devinait. Après avoir mis le préservatif qu'il avait posé sur la table de nuit, il la pénétra en fermant les paupières.

Ils bougèrent à l'unisson, dans un accord parfait, d'abord avec langueur, en savourant une incroyable volupté. Puis le rythme s'accéléra jusqu'au paroxysme. Le cri de Lex résonna longtemps aux oreilles de Cole, qui sombra à son tour dans une extase indicible, d'une intensité inouïe. Ils n'avaient pas d'avenir, mais le présent les comblait.

Prodigieusement.

11

Le dimanche, une semaine après leur arrivée à Rossdale, le temps s'éclaircit enfin et ils purent redescendre dans la vallée, cette fois-ci avec Cole au volant. Une épaisse couche de neige recouvrait encore les montagnes, mais la route était dégagée et ouverte à la circulation. Les yeux sur le rétroviseur, Lex regarda le chalet disparaître au loin. Aussi longtemps qu'elle vivrait, ce séjour enchanteur resterait gravé dans sa mémoire.

Elle ne reviendrait jamais dans cet endroit magique, mais elle se souviendrait des moments enchanteurs devant la cheminée, à faire l'amour ou simplement à se pelotonner contre Cole en regardant la neige tomber au-dehors. Elle adorait prendre sa douche avec lui, se réveiller le matin blottie entre ses bras, sa main sur son ventre.

Le retour aux contraintes familiales serait rude.

Elle savait depuis le début qu'il n'y avait rien à attendre de leur brève aventure. Cole n'était pas homme à s'engager et elle se le répétait constamment. Malgré tout, stupidement, elle conservait des espoirs insensés.

Elle aurait voulu le conquérir. Pour toujours.

La gorge de Lex se serra. Elle avait envie de pleurer.

Pourquoi était-elle à vif ? Parce que le temps était compté ou parce qu'elle n'arrivait pas à contrôler ses émotions ?

Sans doute pour les deux raisons.

Le 4x4 quitta la piste raide et caillouteuse pour la route goudronnée. Sur les bas-côtés, des branches d'arbre jonchaient le sol, arrachées par le vent. La tempête s'était déchaînée avec une rare violence.

Tout comme la passion tumultueuse de Cole...

Il lui prit la main et la porta à ses lèvres.

— J'ai passé de merveilleux moments avec toi, Lex. Cette escapade m'a fait le plus grand bien.

Elle aurait volontiers recommencé d'autres vacances avec lui, seuls tous les deux ou même en famille, avec ses sœurs et plus tard leurs enfants à eux.

Lex imaginait sans peine un garçon aux cheveux bruns et une fillette rousse, ou l'inverse. Elle ne se projetait pas dans l'avenir avec un autre homme.

Jamais elle ne pourrait tomber amoureuse de quelqu'un d'autre... Oui, elle l'aimait déjà. Quelle folie !

Effrayée par cette révélation soudaine, elle la refoula énergiquement. Elle y réfléchirait plus tard. Pour l'instant, il fallait penser à autre chose, n'importe quoi.

— As-tu eu une réponse à ton e-mail, pour Charlie ?

Cole secoua la tête.

— Non. Je n'en attendais pas vraiment. Mon frère n'a jamais été très empressé avec moi.

Après leur dispute, ils avaient tous les deux soigneusement évité le sujet de la famille, choisissant plutôt d'apprendre à se connaître en discutant art, voyage et politique. Cole avait aussi travaillé un peu pendant qu'elle lisait. Il avait skié et l'avait initiée à ce sport. Ils avaient surtout fait l'amour.

Beaucoup.

— D'une certaine manière, je suis plus en colère contre Sam que contre mon père. Mon frère aurait pu s'opposer à Grenville et choisir de conserver des relations avec moi, ajouta Cole avec amertume.

— Il n'a sans doute pas ta force de caractère.

— Que veux-tu dire ?

— Il faut beaucoup de courage et de détermination pour suivre un parcours tel que le tien et parvenir au sommet de la réussite sans le soutien de ses proches. Sam était peut-être trop faible pour affronter un conflit. Qui sait s'il ne se le reproche pas, maintenant ?

— J'en doute.

Lex avait beaucoup de chance d'avoir ses sœurs, surtout Addi, dont l'amour et le soutien n'avaient jamais failli. Cole, lui, menait sa vie en solo.

— As-tu décidé si tu venais avec moi en France ? demanda-t-il en posant une main sur sa cuisse.

Lex se détourna en se mordant la lèvre. Elle se trouvait déjà très courageuse de l'avoir accompagné à Rhodes. Un voyage en Europe serait infiniment plus aventureux. Cole lui offrait la possibilité de visiter un pays étranger, et l'une des plus belles villes du monde. C'était une occasion unique.

Elle n'avait aucune raison valable de refuser. Les filles étaient en vacances et Addi serait la première à lui dire d'en profiter.

Traumatisée par une enfance trop agitée, Lex s'était fixé des règles très rigides pour donner à ses sœurs un cadre stable et sécurisant. Elle espérait guérir ses propres blessures en évitant à tout prix l'imprévu.

Mais la vie était imprévisible. D'ailleurs, l'aptitude au changement était un gage de résilience. Lex ne rendait pas service à ses sœurs en les surprotégeant. Il valait mieux leur donner l'exemple d'une aînée intrépide et téméraire.

Préférait-elle vraiment passer le week-end enfermée dans sa petite maison à regarder des séries ? C'était trop... triste.

Elle inspira profondément.

— Oui, j'aimerais bien. Merci.

— Super. Tu as un passeport ?

— Oui, un passeport britannique, donc je n'ai pas besoin de visa.

— Alors, il n'y a aucune démarche à faire.

Il réfléchit un instant.

— Je dois d'abord aller voir une entreprise sur l'île Maurice. Je vais prévenir mon pilote de nous attendre à Bloemfontein. Je quitterai Le Cap dès ce soir. Quatre jours me suffiront pour régler mes affaires et je reviendrai te chercher jeudi. Nous passerons la journée de vendredi à Paris avant de partir pour la Bourgogne.

— Tu ne seras pas trop fatigué de toutes ces allées et venues ?

— Ce n'est pas moi qui pilote ! Je dormirai dans l'avion. Le programme te convient ?

— Euh... oui.

Son sourire heureux et détendu le rajeunissait. Lex, quant à elle, jubilait. Elle allait tester sa maîtrise du français, voir le Louvre et la tour Eiffel, faire un saut à Londres ! Une poussée d'adrénaline lui monta à la tête.

En plus, elle serait avec Cole.

Mais sous l'excitation perçait une peur diffuse d'être déçue, comme toujours.

Elle se morigéna. Cette fois-ci, ce serait différent. Cole était trop honnête pour lui infliger une désillusion et jouer avec ses émotions.

Elle allait en Europe avec Cole et avait bien raison de s'en réjouir.

— Je suis si heureuse pour toi, Lex ! s'écria Addi.

Pour la première fois depuis longtemps, Lex regarda sa sœur sans établir de comparaison en sa défaveur. Ce petit intermède à Rhodes lui avait singulièrement donné confiance. Addi était très belle, mais elle n'était pas mal non plus !

Dans la semaine, Cole avait téléphoné pour lui donner quelques précisions. Il avait expédié ses affaires plus rapidement que prévu et ils partiraient le jeudi en milieu de matinée. Il avait réservé deux couverts chez Mathieu, un restaurant étoilé du boulevard Saint-Germain.

Dans un brusque accès de panique, Lex avait cherché des photos sur Internet. Comment s'habillait-on pour aller dans ce genre d'endroit ? Il lui fallait une robe, et même plusieurs. Elle avait appelé Addi, qui était tout de suite passée à l'action.

Elles avaient déniché des trésors dans une boutique vintage d'Adderley Street : une petite robe noire pour le dîner chez Mathieu et deux tenues classiques pour la réception en Bourgogne. Elle voyagerait vêtue d'un tailleur jupe plissée rose, couleur qu'elle s'interdisait d'habitude, comme le rouge et l'orange, à cause de ses cheveux roux.

Ce n'était pas un ton pastel ou saumon, mais un rose très vif qui attirait les regards. Pour quelqu'un qui portait presque toujours du noir, c'était osé.

Mais cela lui allait divinement.

Elle était à la fois elle-même et métamorphosée. Bella, une styliste recommandée par une amie d'Addi, était venue la coiffer à domicile. Après avoir lissé ses boucles au fer, elle les avait relevées en un très joli chignon souple.

Pour le maquillage, un fond de teint unifiait ses taches de rousseur, mais sans les cacher. Ensuite, Bella lui montra comment appliquer l'ombre à paupières et lui conseilla un rouge à lèvres naturel.

— C'est ravissant sans être trop recherché, commenta Addi.

Elle prit quelques photos.

— Je les envoie sur le groupe familial. Les filles vont adorer.

Après le départ de Bella, Lex vérifia une énième fois le contenu de sa valise et se posta devant la grande glace, la tête penchée, en essayant de se voir à travers les yeux de Cole. Elle pouvait passer pour une femme du monde chic et sophistiquée, et ne ressemblait plus à la conductrice surmenée et maladroite qui l'avait accueilli le premier jour à l'aéroport.

Quand Joelle l'avait obligée à changer de look, le résultat s'était avéré bien trop radical. Par réaction, la phase qui avait suivi avait conduit Lex vers l'autre extrême. Entre les deux existait certainement un juste milieu. Elle ne pourrait pas lisser ses cheveux tous les jours, mais un maquillage léger était à sa portée.

Pour les vêtements, au lieu des sempiternels jeans noirs, blousons de cuir et bottines, pourquoi ne pas introduire un peu de couleur et de fantaisie dans sa garde-robe ? Tout était permis. Rien ne l'obligeait à se conformer à une image préétablie.

Elle pouvait changer son apparence en restant la même à l'intérieur.

Un large sourire se dessina sur le visage de Lex. Elle se sentait un peu dans la peau d'une Cendrillon. Mais au lieu d'aller au bal en carrosse, elle s'envolerait à bord d'un jet privé.

La sonnette de la porte d'entrée retentit à ce moment-là. Le chauffeur venait la chercher.

Avec un frisson d'excitation, elle passa son sac en bandoulière et saisit la poignée de sa valise.

Une nouvelle aventure commençait.

Assis dans la voiture devant le cottage de Lex, Cole relisait l'e-mail qu'il avait reçu une heure plus tôt en atterrissant au Cap.

> Monsieur Thorpe, votre frère requiert votre présence en Thaïlande. Il a reçu une autorisation spéciale de son supérieur pour vous rencontrer samedi après-midi prochain, afin de vous parler de Charlie. Si vous ne répondez pas à cette invitation, il ignore quand il lui sera de nouveau possible de vous voir.

On percevait une certaine urgence dans la formulation. Sam savait donc qui était Charlie et était décidé à lui en parler.

Venant de lui, une telle prévenance était inattendue.

Cole était néanmoins tenté d'ignorer ce message pour partir avec Lex à Paris comme prévu. Son rire lui manquait, tout comme sa présence la nuit à ses côtés, quand elle passait une jambe sur la sienne et mettait sa main sur son cœur. Il avait envie de sentir son parfum, de voir ses vêtements à côté des siens dans l'armoire, de se perdre dans le vert infini de ses yeux.

Le sexe, surtout, lui manquait.

Mais s'il ne se rendait pas en Thaïlande, il risquait de ne jamais rien savoir de Charlie. Confusément, il avait l'intuition que c'était important. Sam allait certainement lui fournir les réponses qu'il espérait depuis longtemps.

Il fronça les sourcils en cherchant une solution.

Il pouvait changer de plan, emmener Lex en Thaïlande avec lui et la déposer quelque part pendant qu'il rendait visite à son frère. Ensuite il lui raconterait tout, lui confierait ses regrets et ses désarrois. Elle lui prendrait la main, se blottirait contre son épaule… Il ne serait plus seul.

Mais les émotions qu'il contenait depuis si longtemps risquaient de le submerger. Il en dirait plus qu'il ne fallait. Qui sait s'il ne se laisserait pas aller à d'imprudentes promesses ? Il l'adorait et ne supportait pas l'idée de quitter Le Cap sans elle…

Mais qu'avait-il à lui proposer ? Une relation à distance ? Une liaison épisodique ? Le mariage ?

Pratiquement, il y avait beaucoup trop d'obstacles. Il reviendrait une fois, deux tout au plus, au Cap et à Port Louis, la capitale de l'île Maurice. Il aurait alors la possibilité de revoir Lex. Mais quand il aurait définitivement revendu Thorpe Industries, il n'aurait plus l'occasion de remettre les pieds en Afrique. Il avait ses propres affaires à reprendre en main. Ces derniers temps, il avait délégué la gestion de ses comptes en bourse à des analystes financiers. Ses activités lui manquaient. Il ne pouvait pas éternellement se décharger sur autrui.

Il y avait aussi la question des sœurs de Lex, qu'elle élevait comme si elle était leur mère. Il ne s'imaginait pas partager son temps, son attention et son énergie avec ces fillettes. Habitué à vivre seul et dans le calme, il ne supporterait pas le bruit d'une maisonnée agitée.

Et comment lui qui n'avait pas eu de père aurait-il joué un rôle de substitut paternel ?

La vie de Lex était ici, au Cap, et cela constituait l'obstacle majeur. Il avait évidemment tout l'argent du monde pour payer des voyages, mais une relation épisodique était-elle souhaitable ? Un week-end ou une semaine de temps en temps ne les rendrait pas heureux.

Cole soupira. Un empêchement autrement plus sérieux se dressait en travers de sa route.

Allons, Thorpe, tu te connais suffisamment. Cela finirait mal, de toute façon...

Au bout de quelques semaines, quelques mois tout au plus, il se sentirait pris au piège et ne penserait plus qu'à prendre la fuite.

En ce moment, il était fou de Lex. Il avait besoin d'être avec elle, de lui parler, de la toucher, de lui faire l'amour nuit et jour. Il l'imaginait déjà avec un ventre rond, enceinte de leur enfant, avec les deux fillettes qui couraient joyeusement partout. Leur maison pleine de vie et de gaieté contrebalancerait son enfance triste et solitaire.

Malheureusement, ce rêve s'effondrerait. L'enthousiasme du début ne durait jamais longtemps. Il le savait d'expérience, même si cette fois-ci l'espérance semblait plus éclatante. Il se lasserait, comme avec les autres femmes, et serait incapable d'expliquer les raisons de la rupture.

À vingt-cinq ans, il mettait ses échecs sur le compte de l'inexpérience. Il faisait les mauvais choix et confondait l'amour et le plaisir. Maintenant qu'il avait mûri, il savait que le problème était ailleurs. Il attendait trop des femmes. Elles ne lui donneraient jamais l'impossible.

Et voilà qu'il s'apprêtait à recommencer.

Lex ne lui offrirait jamais ce qui lui avait tant manqué autrefois. L'amour et l'approbation paternelle resteraient à jamais inaccessibles.

Grenville était mort. Combien de fois ne s'était-il pas traité d'idiot, pour désirer aussi fort une chose irréalisable ? Cette nostalgie était solidement ancrée en lui, indéracinable.

Il se croyait indigne d'amour parce que Grenville ne l'avait pas aimé. Consciemment ou inconsciemment, il était devenu aussi froid et insensible que son père l'avait été à son égard, afin de se protéger, par peur de souffrir encore.

Bizarrement, l'absence d'attachement avec son père avait coloré et affecté toutes ses relations affectives. Ce serait pareil avec Lex.

Ses blessures n'avaient jamais cicatrisé. Ce n'était pas une raison pour faire du mal aux autres.

Il valait mieux s'éloigner dès à présent, tant qu'il maîtrisait encore ses émotions. Il souffrirait un peu, peut-être même beaucoup, mais c'était le meilleur moyen de protéger Lex.

Cet argument décisif aurait dû le convaincre. Alors, pourquoi ne pouvait-il se résoudre à descendre de voiture ?

12

Au moment même où elle ouvrit la porte et découvrit le visage fermé de Cole, Lex sut qu'elle n'allait plus à Paris.

Ni nulle part ailleurs. Son cœur se glaça.

Mais comme il était séduisant... Vêtu d'un pantalon noir et d'une veste gris perle sur un polo en V vert amande, il avait une barbe de trois jours, juste la longueur qu'elle préférait, délicieusement râpeuse.

Résistant à l'impulsion de se jeter dans ses bras, Lex garda la main sur la poignée de la porte, puis recula pour le laisser passer. Son cœur tambourinait dans sa poitrine.

Je t'en supplie, Cole, ne me déçois pas. Ne prononce pas de mots cruels.

— Entre, murmura-t-elle.

Il pénétra dans le petit vestibule tout en détaillant la façon dont elle était habillée et coiffée. Il ouvrit la bouche comme pour la complimenter, mais la referma aussitôt, fourra les mains dans ses poches et se balança sur les talons.

Il ne l'embrassa même pas.

— Tout va bien ? demanda-t-elle en croisant les bras pour s'empêcher de trembler.

Cole se frotta la mâchoire.

— Je suis juste fatigué. La semaine a été longue.

Elle attendit la suite, mais il se détourna et se mit à examiner les nombreuses photos accrochées au mur. La plus grande, au milieu, réunissait les cinq sœurs en train de rire aux éclats. Leurs visages reflétaient l'amour et la joie d'être ensemble. Cole contempla longuement la photo, puis secoua la tête en fermant les paupières.

Lasse d'attendre une explication qui ne venait pas, Lex rompit le silence.

— Le week-end est annulé, n'est-ce pas ? Tu me quittes ?

Il lui jeta un regard sombre.

— Oui.

Ses pires craintes se confirmaient...

— Pour une raison particulière ? demanda-t-elle faiblement.

Du coin de l'œil, elle aperçut Addi en haut des marches et lui fit signe de s'éclipser. Elle voulait s'expliquer seule à seul avec Cole.

— Je dois me rendre en Thaïlande, annonça-t-il.

C'était horrible de devoir lui arracher les mots ! Qu'était devenu l'homme tendre et malicieux qui l'embrassait dans le cou et lui apportait son café au lit le matin ?

— Je ne peux pas t'accompagner ? suggéra-t-elle.

— Non, désolé.

Elle pinça les lèvres. Son cœur se serra convulsivement.

La désillusion avait encore frappé. Douloureusement.

Cependant, Lex n'était plus la petite fille timide qui encaissait les coups sans réagir. Elle avait mûri et s'était endurcie. La colère l'envahit. La conduite de Cole était inacceptable.

Ne crie pas, Lex.

Se mettre en colère n'arrangeait rien et diminuait l'impact du message.

Elle pointa le doigt sur Cole.

— Je ne t'avais rien demandé. C'est toi qui as insisté pour m'emmener en France, qui m'as encouragée à sortir de ma zone de confort, lui rappela-t-elle d'une voix tremblante, la gorge nouée...

« Ces derniers jours, tu m'as inondée de messages pour me dire ce que nous ferions à Paris, à Londres et en Bourgogne. Je te faisais confiance. J'ai droit à une explication.

Elle s'interrompit un instant en cherchant ses mots.

— J'ai déjà essuyé de cruelles déceptions dans ma vie, mais je ne pensais pas ajouter ton nom à la liste.

Malgré le regret qu'elle lisait dans ses yeux, il paraissait déterminé. Rien ne le ferait changer d'avis.

Tout était fini.

Lex suffoqua. Un être cher l'abandonnait. Encore. Elle aurait dû avoir l'habitude...

Cole ne savait pas comment mettre fin à ce supplice. Comment expliquer à Lex qu'il n'y avait aucun avenir possible pour eux deux ?

— Lex... Je...

Il se tut, assailli par un mélange de tristesse et d'orgueil.

Il aurait voulu trouver des mots apaisants pour lui faire comprendre qu'elle n'était pas en cause. Il s'agissait de lui, de ses propres incapacités...

— Je dois vraiment aller en Thaïlande, reprit-il.

Fallait-il reparler de Sam ?

Non, cette histoire ne regardait que lui. C'était sans doute la dernière fois qu'il rencontrait son frère. Toute sa vie, il avait cherché à percer le mystère qui empoisonnait ses relations familiales. Si cette quête approchait de son terme, il devait affronter seul le dénouement.

De plus, il valait mieux avoir le courage de rompre maintenant. Lex souffrirait davantage si leur liaison se prolongeait.

C'était déjà assez dur.

À la fois digne et distante, Lex lui montra la porte. Brusquement saisi par le doute, Cole fit machine arrière.

— Je dois revenir au Cap dans six semaines.

Elle hocha la tête avec une expression faussement enthousiaste.

— Bien sûr ! Fais-moi signe et j'accourrai, lança-t-elle d'un ton sarcastique... Pourquoi te donnerais-je une occasion supplémentaire de me décevoir, Cole ? Une nouvelle chance de m'exposer à de belles promesses que tu ne tiendras pas ? La perspective de me retrouver dans ton lit ne m'enchante plus.

Humilié par son mépris, Cole invoqua une justification désespérée.

— Notre relation était de toute façon vouée à l'échec, Lex.

— Évidemment, répliqua-t-elle avec un mélange de tristesse et de férocité. Ou alors, il aurait fallu que je sois à ta disposition, n'est-ce pas ? Que j'accepte une visite éclair de temps en temps... Si toutefois tu avais vraiment l'intention de me revoir, ce dont je doute.

En conscience, Cole ne pouvait pas s'engager sur le long terme. Aurait-il encore envie de Lex dans six mois ? Son passé chaotique lui commandait la prudence...

Elle tripota nerveusement l'ourlet de sa veste.

— De toute manière, même si j'avais le choix, je ne supporterais pas une relation à distance... Avec mes responsabilités, je mène une vie plus compliquée que la moyenne. Cela ne m'interdit pas pour autant d'être heureuse.

— Bien sûr.

— Je veux montrer l'exemple à Nixi et à Snow. Personne ne doit s'accommoder de demi-mesures. Si on s'engage, c'est parce qu'on a été choisi. Je tiens à mettre mes principes en pratique. Je refuse d'être un simple caprice. Je veux avoir la priorité.

Elle réclamait plus que ce qu'il ne pouvait donner.

— Je ne suis pas fait pour les relations durables, Lex.

Elle haussa les épaules.

— Tant pis pour toi. Moi, j'attendrai l'homme qui m'offrira tout ce dont j'ai besoin, c'est-à-dire l'amour et la sécurité affective. Manifestement, tu en es incapable. Tu n'es donc pas celui qu'il me faut.

Tout l'être de Cole se révoltait à l'idée que Lex appartienne à un autre. C'était beaucoup plus difficile qu'il ne pensait de lui accorder sa liberté.

— Il est inutile de prolonger cette entrevue, déclara-t-elle avec froideur.

Cole se dirigea vers la porte dans une confusion douloureuse de regret et de soulagement. Sur le seuil, il se retourna une dernière fois.

— Je te souhaite sincèrement d'être heureux, Cole, conclut-elle.

Il hocha la tête, lâchement. Qu'allait-il devenir sans elle ? La gorge serrée, il s'obligea à articuler quelques mots.

— Tu es une femme formidable, Lex.

— Je sais que tu es sincère et que je te plais beaucoup. Mais tu n'as pas suffisamment confiance en toi pour m'aimer comme je t'aime.

Quoi ?

— Tu m'aimes ? lança-t-il d'une voix étranglée.

Elle soutint fièrement son regard.

— Naturellement ! Je t'aime assez pour te laisser partir et j'ai trop d'estime pour moi-même pour ne pas me contenter d'un compromis.

À ces mots, elle se détourna et ferma la porte.

Il dut se retenir pour ne pas la rappeler et se força à marcher vers la voiture, d'un pas lourd et pesant. Il n'osait pas s'aventurer en terrain inconnu... C'était beaucoup trop risqué, pour lui mais aussi pour elle.

Il l'avait déjà trop fait souffrir.

Cole s'en tiendrait à sa ligne de conduite. Désormais, Lex disparaissait définitivement de son existence, comme il l'avait décidé.

Il n'avait pas imaginé que ce serait aussi douloureux.

Assises à une table de pique-nique, Lex et Addi mangeaient un fish and chips devant le port de pêche de Hout Bay.

Lex chipotait sans appétit. Depuis quelques jours, elle pleurait toutes les larmes de son corps et n'avait de goût à rien. Addi déployait des efforts extraordinaires pour tenter de la sortir de son marasme.

— C'est vraiment le meilleur endroit où manger du bon poisson ! dit-elle en portant un morceau à sa bouche.

Les yeux perdus dans le lointain, Lex hocha tristement la tête. Un chalutier rentrait au port, des nuages de mouettes dans son sillage.

Le départ de Cole l'avait anéantie. Les sons lui parvenaient comme étouffés, les couleurs avaient perdu leur éclat et elle luttait constamment contre les sanglots qui l'étouffaient. Plus rien n'avait de sens et elle n'avait pas assez d'énergie pour réagir.

— Tu as eu des nouvelles ? s'enquit Addi.

Lex observa le pêcheur qui accostait.

— Non.

— Rien du tout ?

— L'aventure est terminée.

Addi trempa une frite dans la sauce tomate.

— Rassure-moi. Tu as utilisé une contraception ?

Lex la foudroya du regard.

— La vie de Joelle nous a servi de leçon, il me semble.

— Oui...

Addi changea de sujet.

— Jude Fisher m'a offert un job avec une grosse augmentation de salaire.

Lex finit par émerger de sa torpeur. Elles n'avaient donc plus à s'inquiéter du changement de direction de Thorpe Industries. L'argent ne manquerait pas. Elles payeraient leurs factures sans problème.

— Super, Addi. Félicitations, dit Lex avec un sourire contraint.

Sa sœur joua distraitement avec un anneau d'argent à son doigt. Malgré cette bonne nouvelle, elle paraissait tendue et anxieuse.

— Qu'y a-t-il, Addison ?

— Je me fais du souci pour toi. Je ne t'ai jamais vue aussi abattue.

Lex ne pouvait pas la détromper. Oui, elle avait le cœur brisé. C'était affreux d'aimer un homme sans espoir de retour. Elle traversait une rude épreuve. Mais pourquoi avait-elle l'impression que les soucis de sa sœur avaient une autre origine, complètement étrangère au sort qui la frappait personnellement ?

— Il y a autre chose...

Le téléphone d'Addi sonna à ce moment-là et elle bondit

littéralement pour répondre. Puis, elle se leva et s'éloigna hors de portée de voix.

Sa sœur lui cachait un secret, ce qui n'était jamais arrivé. Depuis toujours, elles se disaient tout. Cette nouvelle contrariété ajouta encore à la tristesse qui accablait Lex.

Elle se sentait épuisée, vidée de ses forces et découragée. Il fallait pourtant se ressaisir et aller de l'avant. Ce comportement ne lui ressemblait pas.

Jusque-là, elle avait toujours triomphé de toutes les difficultés. Il n'y avait aucune raison pour que ce soit différent cette fois-ci.

Ce samedi après-midi, Cole se tenait à une terrasse de bord de mer, non loin de la frontière cambodgienne. Il faisait lourd et humide. Sa chemisette en coton collait à son dos. Il regarda sa montre et appela le serveur thaï pour commander une autre bière.

Le lieu où Sam lui avait donné rendez-vous se situait tout près de son monastère. C'était une baraque rustique, avec quelques tables et des bancs en bois. Des odeurs de citronnelle et d'ail, dans l'arrière-cuisine, mettaient l'eau à la bouche.

Mais Cole avait perdu l'appétit depuis son départ du Cap.

Il faisait un temps magnifique. La mer étincelait sous le soleil dans des teintes bleues et turquoise presque translucides. Les vagues s'écrasaient dans des gerbes d'écume sur la plage de sable blanc. Il avait du mal à croire qu'il avait essuyé une tempête de neige quelques jours plus tôt, et affronté l'hiver le plus rigoureux de toute l'histoire du Cap. Pas un nuage ne troublait le ciel bleu cobalt.

Mais Cole regardait à peine le paysage. Il ne pensait qu'à Lex, qui aurait pu être ici avec lui.

Elle lui manquait à chaque instant. Contrairement à ce qu'il croyait, son cœur et son âme ne se remettaient pas de la rupture.

Il souffrait. Un poids écrasant l'oppressait. Chaque respiration lui coûtait un effort. Il se traînait. Sans elle, sa vie n'avait plus aucun sens.

Du coin de l'œil, il aperçut un reflet orangé et se tourna à demi. La tête rasée, un moine en robe safran sortait de la jungle et marchait dans sa direction. Sam avait maigri. Ses pommettes saillaient sur son visage émacié.

Cole n'avait même plus envie de le voir. Après tout, Sam ne s'était jamais comporté comme un frère avec lui. Mais il ne pouvait pas laisser passer une occasion aussi inespérée. Il avait besoin de lui parler avant de tourner définitivement la page. Il fallait refermer ses blessures. Son frère l'y aiderait peut-être.

Sam s'immobilisa à quelques mètres. Ils se regardèrent, surpris l'un et l'autre par leur ressemblance. Ils avaient hérité leurs traits de leur père, mais Cole doutait de jamais atteindre à la sérénité qu'il lisait dans les yeux de son frère.

Sauf, peut-être, s'il trouvait un moyen de renouer avec Lex.

— Cole, tu es venu, dit Sam en penchant la tête de côté avec un sourire.

— Cela t'étonne ?

Sam s'approcha et s'assit en face de lui, sans l'embrasser ni même lui tendre la main.

— Tu veux une bière ? demanda Cole.

— Non, merci. Je prendrai un verre d'eau.

Il s'adressa en thaï au serveur, qui semblait très honoré par la présence d'un moine. Ils discutèrent pendant quelques minutes. Sam parlait remarquablement la langue.

Puis il s'adressa à Cole en haussant les sourcils.

— Comment as-tu découvert l'existence de Charlie ?

— À Rhodes. Le nom est partout, sur l'enseigne du pub, le remonte-pente, jusqu'à la compagnie qui gère la station. Grenville a dépensé des sommes folles pour ce chalet. Il devait y être très attaché. Je me suis dit que Charlie constituait la clé du mystère. Le chalet est d'ailleurs le seul bien qui me pose un problème. Personne n'en veut. Je n'arrive pas à le vendre.

Sam eut l'air déconcerté.

— Tu ne gardes pas la société ? Tu avais pourtant racheté la majorité des actions. Comme l'héritage ne m'intéressait pas, je pensais te faire plaisir en te donnant tout.

— Je me moque éperdument de l'argent et de l'entreprise, Sam ! Mon but était uniquement d'attirer votre attention, surtout celle de papa. Exister enfin à vos yeux !

Cole se pinça la base du nez.

— Il est trop tard maintenant, de toute façon. Dis-moi juste qui est Charlie. Et pendant que nous y sommes, explique-moi pourquoi Grenville me détestait à ce point.

Sam réfléchit très longtemps. La tension de Cole augmentait de seconde en seconde, mais il attendit patiemment.

Quand Sam se décida enfin à parler, il le fit avec beaucoup d'émotion.

— Charlie – Charlotte Jane – était notre petite sœur, Cole.

13

— Quel culot, après dix jours de silence, de m'envoyer un SMS pour me demander de venir le chercher chez Vane !

— Euh… C'est le patron, et tu es le chauffeur de la société.

Lex fronça les sourcils en relisant la réponse de sa sœur. Parfois, elle ne supportait pas sa logique, surtout quand elle avait raison.

Elle relut ensuite le bref message de Cole.

Depuis quand était-il au Cap ? Pour combien de temps ?

Elle aurait volontiers démissionné pour ne pas être obligée de le revoir.

Sa réaction était stupide. Son job à temps partiel était trop bien payé et elle le garderait le plus longtemps possible. Néanmoins, elle aurait beaucoup de mal à adopter un comportement strictement professionnel avec un homme qui avait été son amant, qui lui avait pris son cœur et hantait encore ses rêves.

En sentant les larmes lui monter aux yeux, Lex chaussa ses lunettes noires. Il était hors de question de pleurer devant lui…

Elle renifla, puis inspira profondément. Les chagrins

d'amour ne duraient pas éternellement. Elle finirait par se remettre, par oublier. Un jour, elle serait moins triste, moins...

Vide.

Elle avait retrouvé ses multiples occupations. Les filles étaient rentrées de vacances et avaient repris l'école. À l'approche des examens universitaires, son programme de révisions l'absorbait. Elle avait une nouvelle étudiante en cours particulier de français et Thorpe Industries la sollicitait de temps à autre. Son emploi du temps chargé lui laissait peu de répit, mais elle avait l'impression d'être spectatrice de sa propre vie, un peu comme un automate.

Son esprit était ailleurs. Elle pensait constamment à Cole, se demandant où il était, ce qu'il faisait... Lui manquait-elle un peu ? Elle évoluait dans un monde grisâtre, avec des sensations émoussées. Quand redeviendrait-elle elle-même ?

Cet horizon semblait terriblement lointain, inaccessible même.

Lorsque Cole apparut en haut des marches, son pouls s'accéléra. La peur lui nouait le ventre.

Elle démarra et avança la voiture jusque devant l'entrée de l'hôtel où Cole échangeait quelques mots avec le portier. Il portait un pantalon gris clair et une veste bleu marine sur une chemise blanche. Il avait les cheveux plus courts. Ses lunettes de soleil masquaient son regard. Il avait le teint pâle et l'air tendu.

Était-il lui aussi nerveux à l'idée de la revoir ? Non, probablement pas. Cet homme qui brassait des millions avait une assurance inébranlable et une confiance en lui indéfectible...

Il s'approcha, ouvrit la portière arrière et s'installa sur

la banquette. Lex ferma les yeux en reconnaissant son eau de toilette. Elle adorait ce parfum.

Reste professionnelle, Lex.

— Merci d'être venue me chercher, dit-il en croisant son regard dans le rétroviseur.

Elle haussa les épaules.

— À ton service. C'est mon travail.

— Comment vas-tu ?

Elle perçut comme une hésitation dans sa voix, presque une timidité, sans doute une projection de ses propres émotions.

— Bien, et toi ?

— Bien.

À l'évidence, ils mentaient tous les deux. Cole affichait une mine sombre et se tenait avec une raideur inaccoutumée.

Elle soupira.

— Où dois-je te conduire ?

Il lui tendit une feuille de papier et elle tapa l'adresse sur le GPS. Il allait à Upper Constantia, un quartier huppé appelé The Avenues, qui s'enorgueillissait de belles demeures dans d'immenses propriétés.

Elle faillit lui demander chez qui il allait, mais se retint au dernier moment. Une question personnelle aurait été incongrue.

Il avait mis entre eux une distance infranchissable. Elle resterait à sa place.

Lex arrêta la voiture devant des grilles en fer forgé de trois mètres de haut et Cole se pencha pour activer l'ouverture automatique du portail sur un boîtier.

— Suis l'allée jusqu'au bout et gare-toi devant la maison, dit-il d'une voix bizarrement rauque.

Les jambes molles comme pour un premier rendez-vous, il avait l'impression de revenir à ses quinze ans. Il se frotta la mâchoire, passa la main dans ses cheveux et regarda le parc, avec ses grands chênes majestueux et ses pelouses soignées. Au loin, la demeure victorienne se dressait fièrement.

L'endroit lui plaisait.

Il avait joué des sommes folles en Bourse et investi parfois dans des affaires incertaines. Aujourd'hui, c'était son pari le plus risqué. Il pouvait perdre non seulement deux millions de livres sterling, mais aussi son avenir et son cœur.

Qui sait s'il n'avait pas tout compromis définitivement en décidant de ne pas emmener Lex en Europe ou en Thaïlande ? Il avait peut-être tout gâché. Irrémédiablement.

Le tumulte de ses réflexions cessa quand Lex coupa le moteur. Il descendit de voiture et s'approcha de l'entrée. Puis, en s'apercevant que Lex ne le suivait pas, il revint en arrière et lui ouvrit sa portière. Il voulait voir ses yeux et lui enleva ses lunettes noires, qu'il posa sur le tableau de bord.

Il la regarda longuement, s'attardant sur ses boucles rousses et sa jolie bouche. Un mélange d'anxiété et de tristesse se lisait sur ses traits. Il se maudit d'en être la cause.

Sa rupture était la plus grosse bêtise de sa vie. Lex représentait tout ce dont il avait besoin et il se battrait pour la reconquérir. Il vaincrait les pulsions qui l'incitaient à prendre la fuite pour se protéger et conserver sa liberté. Il prendrait tout ce qu'elle voudrait bien lui donner, même si elle donnait la priorité à ses sœurs et à ses études.

Il en avait assez de la solitude et Lex était la seule femme dont il avait envie de partager la vie.

Cole ôta à son tour ses lunettes de soleil et les rangea

dans la poche intérieure de sa veste. Puis, il tendit la main à Lex.

— Que faisons-nous ici, Cole ? demanda-t-elle en ignorant son geste.

— J'ai des choses à te dire. Tu veux bien m'écouter ?

Elle sauta à terre, enfonça les mains dans les poches arrière de son jean et haussa les épaules en jetant un regard circulaire.

— Où sommes-nous ?

— La propriété date de la fin du XVIIIe siècle. Avec ses cinq mille mètres carrés, c'est la plus grande du quartier. Elle a cinq chambres, un cottage indépendant, des communs pour des domestiques et un appartement supplémentaire au-dessus du garage.

— Ah.

Elle leva les bras avec une expression agacée.

— Tu te comportes comme un agent immobilier ! Pourquoi m'as-tu amenée ici ?

Ne voulant pas poursuivre cette conversation dehors, il la conduisit par le bras à l'arrière de la bâtisse, dans une véranda qui donnait sur la piscine.

Si Lex acceptait sa proposition un peu folle, il lui ferait visiter la maison, qu'il avait achetée entièrement meublée...

Pour l'instant, il avait beaucoup d'explications à donner.

Lex s'assit sur un divan aux coussins confortables et il prit place en face d'elle, sur une table basse en acajou, les jambes allongées, les avant-bras sur les cuisses.

Vas-y, Thorpe. Lance-toi.

— Je veux te parler de Charlie.

Un éclair de surprise brilla dans les yeux de Lex.

— Je t'écoute...

— J'ai annulé notre voyage en France parce que Sam,

mon frère, voulait me voir. En Thaïlande. Au sujet de Charlie.

— Il ne pouvait pas te communiquer l'information par e-mail ? lança-t-elle, sceptique.

— Non. Maintenant je comprends pourquoi.

Cole se massa la nuque.

— Charlie était ma sœur.

Les mots sortaient difficilement.

— Elle avait dix mois de moins que moi. Mon père l'adorait.

Lex plissa le nez.

— Tu ne te souvenais pas d'elle ?

Cela paraissait invraisemblable, en effet. Sam avait usé des trésors de persuasion pour l'en convaincre.

— J'étais très jeune quand elle est morte.

Lex posa la main sur son genou. Immédiatement, il se sentit plus calme. Il n'était plus seul. Quelqu'un le soutenait. Avant cet instant, il n'avait pas pleinement conscience de l'importance capitale de Lex dans sa vie. Il avait réellement *besoin* d'elle.

— Que s'est-il passé ? demanda-t-elle.

— Sache d'abord que ce n'est pas ma faute. D'après Sam, c'était un accident malheureux. J'ai d'ailleurs été blessé moi aussi.

Son débit précipité trahissait une vive émotion. Lex plaça les paumes sur son visage.

— Cole, respire et dis-moi, le plus simplement possible, ce qui est arrivé.

Il prit son courage à deux mains.

— L'ancien propriétaire de Rossdale, un ami de mon père, l'avait invité pour des vacances en famille. Grenville a adoré cet endroit et nous y sommes retournés très souvent.

— Continue, murmura Lex.

— Avant les travaux de rénovation, un escalier en pierre, très raide, conduisait aux chambres. J'avais presque quatre ans. Charlie et moi faisions la sieste à l'étage, mais je voulais descendre pour jouer dans la neige. Nous sommes allés tous les deux sur le palier. La barrière de sécurité, en haut des marches, n'était pas verrouillée. Personne ne sait exactement ce qui s'est produit, mais Charlie a basculé dans l'escalier. D'après Sam, j'aurais essayé de la rattraper et je suis tombé aussi. Elle est morte sur le coup. J'ai été dans le coma pendant quelques jours, avec une hémorragie cérébrale. Quand j'ai repris conscience, je n'avais aucun souvenir de l'accident ni de ma sœur.

Cole avait l'impression de raconter une histoire survenue à quelqu'un d'autre. C'était complètement étrange d'avoir perdu la mémoire de l'accident.

— Oh ! Cole...

— Mon père a reproché à ma mère de ne pas avoir fermé la barrière. Elle était sûre de l'avoir fait. Il s'est alors persuadé que j'avais réussi à l'ouvrir. Sam croit que c'est impossible. J'étais beaucoup trop petit pour y arriver. Quoi qu'il en soit, Grenville s'est montré intraitable. À ses yeux, ma mère et moi étions tous les deux coupables... Il m'en a voulu de ne pas être mort à la place de Charlie.

— Oh ! Cole.

Maintenant, il ne pouvait plus s'arrêter. Il fallait aller jusqu'au bout et crever l'abcès.

— C'était un homme très dur. Il a reporté sur Sam l'adoration qu'il avait pour Charlie. Quand il a demandé le divorce, ma mère a accepté à condition qu'il ne me fasse jamais aucun reproche et ne me reparle pas de cette tragédie.

— Quand a-t-il acheté Rossdale ?

— Environ cinq ans après la mort de Charlie. Tous les

ans, à la date anniversaire du drame, il disparaissait là-bas pendant des semaines, tout seul. Il buvait pour oublier son chagrin. Quand Sam s'en est rendu compte, il lui a suggéré de rénover le chalet, en souvenir de Charlie, et d'y aménager des chambres d'hôtes.

— Autrement dit, il a construit un mausolée à la mémoire de sa fille chérie, tout en bannissant le fils survivant ! Comme c'est triste... Et tellement égoïste et narcissique. C'était un être égocentrique, refermé sur son chagrin. C'était facile d'aimer Charlie. Cela ne lui demandait aucun effort.

— Que veux-tu dire ?

— Elle est morte à un âge où les parents sont des dieux. Elle ne discutait pas, n'avait encore d'opinion sur rien. Pour ton père, elle incarnait sans doute la perfection. Mais l'amour, c'est autre chose. Il faut du courage pour accepter les défauts et les faiblesses de ceux qu'on aime. Ton père était un lâche.

Oui... Cole baissa la tête, honteux d'avoir tant désiré l'affection et l'approbation d'un homme finalement peu estimable. Il lui avait fallu plus de trente ans pour prendre conscience de la perversité de Grenville, capable de condamner sans recours un enfant innocent.

À cause de Grenville, Cole avait fait le vide autour de lui, parce qu'il doutait de lui-même. Il avait même eu peur de ressembler à son père...

Il ignorait ce qui s'était passé exactement à Rossdale en ce jour lointain, mais il avait la certitude de ne pas être mauvais. Jamais il ne ferait délibérément du mal à quiconque. Il était innocent de la mort de Charlie.

Si son père avait été sain d'esprit, malgré son malheur, il aurait reporté son amour sur sa femme et ses fils. Mais Grenville avait choisi de se couper du monde pour ruminer sa peine. À l'ombre de ce fantôme, Cole avait failli devenir comme lui, froid, amer et solitaire.

C'était fini.

Il était grand temps de revenir à la lumière. Et à l'amour.

Lex ferma les paupières et joignit les mains pour réciter en silence une prière à la mémoire de Charlie.

La petite fille qui avait disparu de la mémoire de Cole.

Sa mère avait certainement cru bien faire en lui cachant la vérité. Elle avait sans doute peur de le traumatiser. Pourtant, les enfants étaient souvent beaucoup plus résilients que les adultes ne le pensaient. Il fallait leur parler avec franchise. En grandissant, Cole aurait été reconnaissant de savoir la vérité. Le mystère n'aurait pas entravé la construction de sa personnalité.

Une psychothérapie l'aurait aidé à surmonter le conflit latent avec son père.

— L'absence de relations avec mon père m'avait convaincu de mon incapacité à nouer des liens, reprit Cole. Je finissais toujours par rompre et prendre la fuite.

Lex se pencha et posa le front contre le sien.

— Cette histoire me désole, Cole. Tu ne te souviens vraiment de rien ?

Il s'écarta, puis souleva une mèche de cheveux pour montrer une cicatrice.

— On m'a juste dit que j'étais tombé dans un escalier. Mes premiers souvenirs remontent à mon séjour à l'hôpital, pas avant.

— Pourquoi ton frère ne t'a-t-il jamais rien raconté, surtout après la mort de tes parents ?

Cole eut un geste vague.

— Le silence était de règle, dans ma famille. On ne

parlait pas. Mon père et ma mère s'ignoraient et Sam a coupé les ponts brusquement en devenant moine.

Cole s'était conduit de la même manière avec elle... Il suivait le modèle familial.

Quelle malchance pour Lex de tomber amoureuse d'un homme comme lui, qui reproduisait ce qu'elle avait elle-même vécu ! La fatalité s'acharnait.

À présent, elle comprenait les raisons de son comportement. Il obéissait au schéma qu'il avait sous les yeux depuis toujours. Elle le plaignait. Beaucoup.

Cela n'effaçait pas pour autant la dureté de son rejet et elle ne prêterait pas le flanc à une nouvelle humiliation. Il n'aurait pas l'occasion de recommencer.

Cette fois-ci, c'était elle qui partait.

Elle se leva en redressant les épaules.

— Je dois aller chercher Nixi et Snow à l'école...

Elle avait encore deux heures devant elle, mais ne voulait pas s'infliger un supplice inutile. En s'attardant, elle aurait risqué d'oublier ses bonnes résolutions et de succomber au charme de Cole. C'était hors de question.

— Attends, implora Cole d'une voix brisée.

À quoi bon prolonger la torture ?

— Cole...

— Je t'en prie, reste avec moi. Pas seulement maintenant, mais... pour toujours. Ne me quitte pas.

Comme dans un brouillard, Lex entendit ses clés qui tombaient par terre. Elle serra les poings et se força à demeurer immobile. Sinon, elle se jetterait au cou de Cole.

C'était beaucoup trop prématuré.

— Il faudrait des arguments solides, dit-elle calmement.

S'il invoquait l'argent et le confort matériel, elle lui rirait au nez.

Cole s'approcha tout près. En se hissant sur la pointe des pieds, elle aurait pu l'embrasser. Il posa une main sur sa joue et elle s'empêcha de réagir. Pourtant, elle avait une envie folle de se blottir dans le refuge de ses bras.

Mais s'il était incapable de lui offrir ce dont elle rêvait...

Il lui caressa doucement la joue.

— Je ne suis pas doué en relations humaines, Lex, mais j'ai fait beaucoup de progrès en l'espace de deux semaines. Grâce à toi, quelque chose s'est débloqué en moi. Je ne serai jamais très expansif, mais je promets de faire des efforts. Avec toi et les enfants - les tiens, les nôtres - qui partageront notre vie. Je refuse d'être comme Grenville, amer et solitaire. Sans amour. Et incapable d'aimer.

La boule au ventre, Lex avait l'impression de manquer d'air. Que répondre ? Par où commencer ?

Cole la prit de court en effleurant ses lèvres d'un doux baiser.

— Je t'aime, Lex. Et je veux continuer à t'aimer toute ma vie.

Ébranlée par une joie intense, elle ferma les yeux. Cependant, un doute tenace persistait...

— Cole, tu me combles de bonheur, mais...

— Mais tu as tes sœurs à élever, tes études à terminer et ensuite une carrière à entamer. Très bien.

— Comment cela, *très bien* ? Tu habites à quinze mille kilomètres du Cap !

Il la prit par les hanches. Des paillettes d'ambre brillaient dans ses yeux.

— Je vais délocaliser mes activités, et voyager moins. Je t'aiderai pour l'éducation des filles. Je suis très bon en mathématiques, je les aiderai. Je les conduirai aussi à l'école de temps en temps.

Elle l'interrompit.

— Attends. Waouh. Tu veux habiter chez nous ? C'est tout petit…

— J'avais une autre idée. Pourquoi ne pas nous installer tous ensemble dans cette grande maison que je viens d'acheter ?

« Si tu dis oui, Addi logerait dans le cottage, ton autre sœur dans l'appartement au-dessus du garage et les petites avec nous. Nous aurons des jeunes filles au pair et une gouvernante pour que tu te consacres à tes études. Et moi, j'aurai le plaisir de me réveiller avec toi dans mon lit tous les matins.

Lex avait du mal à y croire. C'était encore mieux que dans ses rêves. Mais Cole savait-il vraiment ce qui l'attendait ?

— Les filles sont polissonnes, exigeantes, bruyantes, désordonnées… parfois insupportables. Je les aurai à charge pendant au moins dix ans.

Il l'embrassa sur la joue, puis sur la tempe.

— Je comprends et j'en ai pris mon parti. En t'épousant, j'adopte quatre belles-sœurs, dont deux cohabiteront avec nous. Pour toi, Lex, je serais capable de diriger un orphelinat.

Une lueur d'excitation brillait dans ses yeux.

— Je n'ai quasiment pas eu de frères et sœurs. Cela compensera.

Les joies de la famille lui avaient manqué, avec leur cortège de fous rires, de bruit et de musique. Il serait gâté ! Malgré tout, Lex n'était toujours pas complètement rassurée.

— Et si dans six mois, ou un an, tu changes d'avis ? J'ai peur de prendre ce risque, Cole, pas seulement pour moi, mais pour les filles. Ce serait une tragédie, pour elles.

Cole soutint son regard.

— J'aimerais être en mesure de t'assurer que je serai à

la hauteur. Vraisemblablement, il y aura des crises et des remises en question. Mais je te promets, *solennellement*, que je ne partirai pas. Je resterai et nous surmonterons ensemble les épreuves qui surgiront. Cela en vaut la peine. J'en suis intimement convaincu.

— Pourquoi ?

— Nous sommes plus forts et plus heureux à deux, ma chérie.

Il avait raison. Sans lui, elle n'aurait plus jamais le cœur léger.

Cole la serra tout contre lui.

— J'ai cherché l'amour toute ma vie, Lex. Je l'ai trouvé avec toi.

Lex l'enlaça par la taille et se blottit avec un soupir contre son épaule. Là était sa place. Elle n'avait plus peur de rien.

— Je t'aime, chuchota-t-elle paisiblement.

— Je t'aime encore plus, ma chérie.

Il s'écarta et repoussa une mèche derrière son oreille.

— Tu veux bien être à moi ?

Elle eut un sourire lumineux.

— Je le suis déjà. Depuis longtemps et pour toujours.

Cole captura sa bouche. Puis il la souleva dans ses bras et elle noua ses jambes autour de ses reins.

— Nous appellerons notre premier enfant Charlie, qu'en penses-tu ?

— Excellente idée ! Et si nous nous y mettions tout de suite ?

— Je suis courageuse, mais pas à ce point-là ! Attendons plutôt quelques années.

Cole l'entraîna malicieusement à l'intérieur de la maison.

— Je relève le défi quand tu veux, mon amour.

Elle lui faisait confiance.